지도 너머 기록

알려지지 않은 세계의 지도

지도 너머 기록

제로 미스터리

미홀 지음

다온길

프롤로그

경계선 너머의 첫 발자국

세상의 모든 곳은 지도 위에 있다고 믿는다.

그러나 오래전부터 사람들은 지도에 없는 장소를 이야기했다.

하늘에는 한밤중에만 내려오는 빛이 있고,

바다 깊숙이 잠긴 문은 누구도 열지 못하며,

땅속 어딘가에서는 발걸음 소리만이 끝없이 울린다.

때로는 사람과 도시가 사라지고,

때로는 구조물과 기록이 흔적 없이 사라진다.

남겨진 건 목격담과 파편뿐,

그곳이 어디인지 묻는 순간, 지도 위에서 사라진다.

이것은 그 경계선 너머에서 발견한 기록이며,

당신이 다음 발자국을 남길 수도 있다는 경고다.

지도에 없는 곳들은 이유 없이 숨지 않는다.

어쩌면 누군가가, 혹은 무언가가 그 존재를 지우고 있는 것이다.

그곳에서 시간을 보낸 이들은 종종 달라져 돌아오며,

때로는 언어조차 변해 버려 자신이 누구였는지도 잊는다.

남겨진 증거는 손에 잡히지만, 설명할 수 없는 것들뿐이다.

빛과 그림자가 맞물린 그 경계선에서는 진실과 거짓이 구분되지 않는다.

미홀

일러두기

이 책에 담긴 내용은 실제 사건과 전설, 그리고 미스터리한 기록에서 영감을 받아 탄생한 창작물입니다. 여기서 다루는 사건, 장소, 인물은 현실과 다를 수 있으며, 모든 단서는 당신의 상상 속에서 완성됩니다. 페이지를 넘기는 순간, 현실과 허구의 경계가 흐려지고, 당신은 이미 '제로 미스터리' 속으로 들어서게 될 것입니다.

차례

프롤로그 _ 경계선 너머의 첫 발자국   4

1장
하늘에서 내려온 수수께끼

01 한밤중, 마을 위를 뒤덮은 빛	11
02 사라진 비행물체와 남겨진 흔적	17
03 모래 위에 찍힌 기묘한 발자국	23
04 하늘에서 떨어진 금속 파편	31
05 무전기에 잡힌 알 수 없는 목소리	37
06 갑자기 나타난 하늘의 문	41
07 구름 속에서 내려온 그림자	46
08 하늘빛 속에 숨겨진 낯선 표식	51

2장
바다 속의 비밀

01 해저 동굴 속 빛나는 문	59
02 바다 한가운데 나타난 섬	65
03 잠수부가 본 빛의 그림자	71
04 수면 아래 거대한 눈동자	76
05 파도 속에서 울린 낯선 노래	82
06 심해에서 들려온 심장 박동	87
07 사라진 난파선의 마지막 항로	91
08 물결 속에 떠오른 오래된 조각상	96

3장
땅속에 묻힌 세계

01 사막 모래밭에 드러난 돌문	103
02 벽에 새겨진 읽을 수 없는 글자	108
03 지하 터널 끝에서 울린 발걸음	113
04 지도에도 없는 지하 도시	118
05 바위 너머 울려 퍼진 쇳소리	123
06 끊임없이 타오르는 지하의 불꽃	129
07 끝없이 내려가는 나선형 계단	134
08 흙 속에서 발견된 알 수 없는 기계	139

4장
하루아침에 사라진 사람들

01 사라진 교실의 학생들	147
02 텅 빈 채 떠돌던 유람선	152
03 영상 속 마지막 순간	157
04 눈 위에서 끊긴 발자국	162
05 닫힌 문 너머의 사라진 그림자	167
06 역 안에서 멈춘 기차	172
07 달력에서 지워진 하루	177
08 닫히지 않은 방문	182

5장
세상에 없는 구조물

01 하늘에서만 보이는 거대 그림	189
02 산속에 숨겨진 유리탑	194
03 바다 위의 완벽한 원형 섬	199
04 부서지지 않는 돌상	204
05 폐허 속 멈춰버린 시계	209
06 하늘로 뻗은 끝없는 계단	214
07 바람 속에서 울리는 보이지 않는 종	219
08 빛을 머금은 밤하늘의 다리	223

6장
아직 끝나지 않은 이야기

01 밤마다 반복되는 신호	231
02 다시 나타난 사라진 마을	235
03 열리지 않는 철문	240
04 시간 밖에서 걸어온 행인	245
05 바람이 지나가지 않는 골짜기	250
06 그림자 속에서 움직이는 손	255
07 사라진 기록 속의 진실	259
08 끝없는 추적 속에서 드러난 형체	264

1장

하늘에서 내려온 수수께끼

①

한밤중, 마을 위를 뒤덮은 빛

어느 날 밤, 평온하던 시골 마을 위로 갑작스럽게 거대한 빛이 내려왔다. 그것은 달빛보다 훨씬 강렬했고, 마치 하늘이 찢어져 그 틈 사이로 무언가가 흘러내리는 듯한 느낌을 주었다. 마을 사람들은 처음엔 번개인가 생각했지만, 번쩍임이 멈추지 않고 오히려 부드럽게 마을 전체를 감싸고 있다는 점에서 금세 그것이 자연 현상이 아님을 알아차렸다. 빛의 색은 은빛과 청록빛이 뒤섞인 묘한 광채였고, 그 속에는 무수히 작은 입자들이 반짝이며 떠다니는 듯 보였다. 일부 주민은 창문을 통해 그 광경을 바라보다가 눈이 시려 고개를 돌렸지만, 눈을 감은 뒤에도 마치 빛이 눈꺼풀을 뚫고 들어오는 것 같은 기묘한 잔상이 남았다. 그 순간, 마을의 개들이 동시에 짖어대기 시작했고, 닭장이 소란스러워졌으며, 심지어 가축들이 우리 안에서 불안하게 몸을 부딪치는 소리가 들려왔다. 마치 땅과 하늘 모두가 이 비정상적인 방문을 감지한 듯했다.

빛은 단순히 하늘에서 내리쬐는 것이 아니라, 마을 중심부를 향해 서서히 이동하는 듯했다. 목격자 중 한 명은 그것이 거대한 원형의 형태를 이루고 있었고, 표면이 물결치듯 부드럽게 흔들렸다고 진술했다. 그는 그 순간 귀 속에서 윙윙거리는 소리를 들었는데, 그것은 바람이나 기계음이 아닌, 어떤 언어 같으면서도 이해할 수 없는 음절이 끊임없이 반복되는 소리였다. 다른 주민은 집 근처 논두렁에서 무언가가 스치는 그림자를 보았다고 말했지만, 어두운 밤에 그 형체를 정확히 파악할 수는 없었다고 했다.

이상한 점은 이 모든 현상이 일어나는 동안 바람 한 점 불지 않았고, 공기는 비징싱직으로 징직이었으며, 심지어 평소 귀뚜라미 소리가 끊이지 않던 시골의 밤이 완벽하게 침묵했다는 것이다. 그 정적은 너무도 무거워서 사람들의 숨소리와 심장 박동 소리마저 크게 들리는 듯했고, 누군가는 그 순간 시간이 멈춘 것 같았다고도 회상했다.

그러나 빛의 중심부에서는 더 이상한 변화가 감지됐다. 한 어린 소년은 집 지붕 위로 뭔가 물체 같은 것이 떠 있는 것을 보았는데, 그것은 금속처럼 반짝이면서도 구름의 일부처럼 반투명하게 보였다. 크기는 마을 회관만큼 커 보였고, 표면에는 어떤 기호나 문양 같은 것들이 흐릿하게 빛나고 있었다. 마을 외곽에서 이를 본 한 농부는 두려움에 발걸음을 멈추었지만, 동시에 강하게 이끌리는 기분을 느꼈다. 그는 몇 걸음 다가서자 갑자기 머릿속이 맑아지는 듯한 감각을 느꼈는데, 동시에 온몸이 가벼워지고 심장이 빠르게 뛰기 시작했다고 한다. 그러나 그 이상한 상태는 단 몇 초만 지속되었고, 이후 그는 깊은 피로에 빠져 그대로 땅바닥에 주저앉았다.

이 현상은 대략 7분 정도 지속됐다. 그리고 마치 누군가 스위치를 끈 것처럼 빛은 서서히 사라지기 시작했다. 은빛과 청록빛의 입자들은 공중에서 천천히 흩어졌고, 하늘에는 다시 별빛만이 남았다. 그러나 빛이 사라진 자리, 마을 중앙의 오래된 우물 근처에는 정체불명의 흔적이 남아 있었다. 그것은 약 3미터 정도의 완벽한 원형으로, 마치 바닥이 살짝 눌린 듯 패여 있었으며, 표면은 유리처럼 반질반질하게 녹아 있었다. 그 위를 손으로 만져본 이들은 그것이 돌이 아니라 금속에 가까운 촉감을 가졌다고 말했다. 일부는 그 안쪽에서 희미한 열기가 느껴졌다고도 증언했다.

다음 날 아침, 마을 사람들은 그 원형 흔적을 둘러싸고 모여들었다. 누군가는 그것이 비밀 군사 실험의 흔적이라고 주장했고, 또 다른 이는 하늘에서 온 방문자의 착륙 지점이라고 단언했

다. 더 놀라운 것은, 몇몇 주민들이 전날 밤 이후 이상한 꿈을 꾸었다는 사실이었다. 꿈속에서 그들은 빛나는 구조물 안에 있있고, 그곳에서 형체가 분명치 않은 존재와 마주했다고 한다. 그 존재는 사람처럼 두 팔과 다리가 있었지만, 얼굴은 매끈한 표면에 빛의 무늬만이 어른거렸고, 목소리는 들리지 않았으나 머릿속에 직접 말이 전해지는 듯한 기분을 주었다. 깨어난 후에도 그 감각은 사라지지 않아, 마치 누군가가 계속 지켜보고 있는 듯한 기묘한 여운이 남았다고 했다.

이 사건은 결국 마을 밖으로도 알려졌다. 호기심 많은 기자와 연구자들이 몰려왔고, 원형 흔적의 재질과 주변 토양, 대기 중의 성분까지 분석했지만, 기존 과학 지식으로 설명할 수 없는 결과만 나왔다. 토양 속에는 일반적으로 존재하지 않는 희귀 금속 입자가 포함되어 있었고, 대기 중에서는 미세한 발광 입자가 며칠 동안 사라지지 않았다. 주민들은 여전히 그날의 빛을 잊지 못했고, 몇몇은 그 빛이 다시 돌아올 것이라 믿고 매일 밤 우물 근처에서 하늘을 올려다보았다. 어떤 이는 그날 이후 가끔씩 정전기가 심하게 일어나고, 금속 물체에 손이 닿으면 찌릿한 감각이 전해진다고 말했으며, 또 어떤 이는 전자기기에 원인 모를 간섭이 발생한다고 주장했다.

그리고 이상하게도, 그날 이후 마을 지도에는 알 수 없는 변화가 생겼다. 오래된 군청 자료를 보면, 이 마을의 위치를 표시하는 점이 기존 지도에서 미묘하게 이동해 있었고, 주변 지형의 일부가 삭제된 채로 나타났다. 주민 중 일부는 정부가 무언가를 숨기고 있다고 생각했고, 다른 이들은 더 큰 존재가 인간의 기록을 수정하고 있다고 믿었다. 한 가지 확실한 건, 그날 밤 마을 위로 내려온 빛은 단순한 기상 현상도, 장난 같은 장치도 아니었으며, 누군가 혹은 무언가가 의도를 가지고 찾아온 흔적이라는 점이었다. 그 의도가 무엇인지는 아직도 아무도 알지 못했지만, 사람들은 종종 속삭였다. 언젠가 그 빛이 다시 돌아올 것이며, 그때는 더 이상 하늘 위에서만 머물지 않을지도 모른다고.

02
사라진 비행물체와 남겨진 흔적

밤하늘을 가르며 지나간 물체는 누구도 예상하지 못한 속도로 마을 위를 스쳐 지나갔다. 빛이 사라진 지 채 몇 초도 지나지 않아, 그 자리에는 불규칙하게 깔린 미묘한 잔광과 함께, 공기가 묘하게 울리는 듯한 잔향이 남아 있었다. 사람들은 급히 마을 광장과 주변 들판으로 몰려나갔고, 그곳에서 그들은 믿기 힘든 광경을 마주했다. 풀밭의 일정 구역이 마치 거대한 손길로 눌린 듯 완벽하게 평평해져 있었으며, 풀잎 하나하나가 마치 불에 그을린 듯 끝이 까맣게 변해 있었다. 그 중심에는 낯선 패턴의 원형 자국이 새겨져 있었는데, 마치 거대한 바퀴나 기계 장치가 잠시 그 자리에 머물렀다가 사라진 것처럼 보였다.

현장을 둘러본 사람들 중 일부는 금속성 냄새를 맡았다고 말했고, 다른 이들은 희미하게 타는 전자 부품 냄새와 비슷했다고 증언했다. 한 구석에서는 손바닥만 한 은빛 파편이 발견되었는데, 그것은 놀랍게도 어떠한 가공 흔적도 없으면서도 표면이 매끈하고, 육안으로도 특이한 빛 반사를 하고 있었다. 더 기이한 점은 그 금속이 손에 닿았을 때, 마치 미세한 전류가 흐르는 듯 손끝이 저릿하게 반응했다는 것이었다. 마을의 한 노인은 과거에도 이와 비슷한 일을 목격했다고 주장하며, 몇십 년 전 산등성이 위에서 푸른빛의 거대한 물체가 하늘로 솟구쳐 오르던 장면을 떠올렸다.

이날 밤, 사라진 비행물체가 남긴 또 하나의 단서는 마을 변두리의 농장에서 발견되었다. 트랙터가 지나간 흔적 같은 깊은 홈

이 들판을 가로지르고 있었는데, 끝나는 지점은 논이 아니라 숲 속이었다. 하지만 숲 속으로 이어진 흔적은 불과 20미터를 지나자 갑자기 사라졌고, 마치 무언가가 그대로 공중으로 들어 올려진 듯, 이후의 자국은 전혀 발견되지 않았다. 사람들은 그 지점을 가리키며 "여기서 날아간 거야"라고 수군거렸고, 일부는 여전히 나무들 사이에서 바람과는 다른, 낮고 진동하는 소리를 들었다고 했다.

이상한 일은 여기서 끝나지 않았다. 다음 날 아침, 마을의 무전기 동호회 회원들이 밤새 잡힌 주파수 기록을 확인하던 중, 한 구간에서 명확히 설명되지 않는 신호를 발견했다. 짧은 고음과 저음이 번갈아 가며 반복되는 이 신호는 언뜻 들으면 단순한 전파 잡음 같았지만, 패턴을 분석하니 일정한 규칙성이 드러났다. 그것은 단순한 기계음이 아니라, 마치 의도적으로 보내진 암호 같은 느낌이었다. 무전기를 다루는 한 청년은 그 패턴을 국제 모스부호에 대입해보았지만, 해독된 내용은 아무런 의미를 갖지 않는 단어들의 나열이었다. 그러나 일부 사람들은 그것이 의도적으로 변형된 암호이며, 특정 기술을 가진 사람만이 풀 수 있는 메시지일 거라고 주장했다.

시간이 지날수록 사건은 점점 더 수수께끼로 얽혀갔다. 마을을 방문한 몇몇 기자들과 호기심 많은 탐사자들이 현장을 기록했지만, 특이하게도 그들이 찍은 사진 중 일부는 제대로 인화되지 않았다. 필름이 손상되었거나, 디지털 카메라의 메모리가 갑자기 오류를 일으켜 이미지가 깨져버린 것이다. 특히 중심부의 흔적을 가까이서 촬영한 사진은 거의 모두가 사라졌고, 멀리서 찍은 사진만이 남아 있었다. 이 이상한 결함을 두고, 누군가는 "그 물체가 자기장 같은 걸 남겨서 장비가 망가진 거야"라고 했고, 다른 이들은 "혹시 우리가 무언가 보지 못하게 하려는 의도가 있는 건 아닐까"라며 고개를 갸웃거렸다.

며칠 후, 발견된 금속 파편은 어느 대학 연구소로 보내졌다. 분석 결과, 그 금속은 지구상에서 알려진 합금 구조와 전혀 일치하지 않았으며, 특히 원자 배열에서 비정상적인 간격이 관찰됐다. 이론적으로만 존재한다고 알려진 '준결정 구조'가 자연 상태에서 발견된 셈이었다. 연구원들은 당혹감을 감추지 못했고, 이 금속이 지구의 산업 기술로는 재현하기 어려운 성질을 가지고 있다는 결론을 내렸다. 하지만 분석 도중, 파편의 일부가 이유 없이 서서히 부스러져 가루처럼 변해버렸고, 마치 그 순간을 기다린 듯 남은 조각마저 갑자기 색이 바래면서 사라졌다. 그 현상은 과학적으로 설명할 수 없었고, 연구 자료는 사진과 영상 기록만 남게 됐다.

이 사건은 몇 달이 지나도 여전히 사람들의 입에서 오르내렸다. 목격자들은 하나같이 그 밤의 빛과 소리를 잊지 못했고, 일부는 꿈속에서 다시 그 장면을 보았다고 말했다. 흥미로운 건, 꿈에서 본 장면이 서로 놀라울 정도로 비슷했다는 점이다. 하늘에서 내려오는 강렬한 빛, 그 속에서 서서히 드러나는 거대한 형체, 그리고 눈부심이 사라진 후 남겨진 이상한 패턴. 마치 무언가가 의도적으로 사람들의 기억 속에 같은 이미지를 심어 놓은 듯했다.

이후 몇몇 사람들은 이 현상이 단순한 비행물체 목격 사건이 아니라, 훨씬 더 깊은 목적을 지닌 '접촉'의 한 형태일 수 있다고 주장했다. 빛과 흔적, 금속 파편, 그리고 무전 신호까지. 모든 것이 하나의 퍼즐처럼 이어져 있었지만, 그 조각들이 완전히 맞춰

지는 순간은 결코 오지 않았다. 어쩌면 그 비행물체는 단지 스쳐 지나간 것이 아니라, 우리를 시험하고 있었는지도 모른다. 그리고 언젠가, 그 시험의 다음 단계가 시작될 때, 우리는 또다시 그 빛 아래 서게 될 것이다.

03
모래 위에 찍힌 기묘한 발자국

 새벽 물안개가 걷히기도 전에 해변을 걷다가 그것을 보았다. 발자국이라고 부르기엔 너무 정교했고, 흔적이라고 하기엔 너무 살아 있었다. 모래 위에는 반달 모양의 홈이 일정한 간격으로 찍혀 이어지고 있었는데, 깊이는 모두 같지 않았다. 첫 번째와 세 번째 홈이 살짝 더 눌려 있었고, 마치 보이지 않는 발뒤꿈치와 발가락이 번갈아 무게를 싣는 듯 보였다.

 그 홈의 가장자리에는 파도에 쓸려 생기는 생채기나 발자국 특유의 무너진 입자가 하나도 없었다. 오히려 유리처럼 미세하게 반짝이는 막이 얇게 덮여 있어, 손끝으로 만지면 모래가 아니라 차가운 금속을 누르는 느낌이 났다. 나는 웅크려 그 표면을 따라가다, 엄지손톱만 한 미세한 홈을 발견했다. 그 안쪽에는 바람과 무관하게 아주 가느다란 모래 알갱이들이 한 방향으로 일정하게 회전하고 있었다. 소리는 없었지만 귀를 가까이 대자, 귓속 깊은 곳에서만 느껴지는 낮은 진동이 울렸다.

발자국은 바다와 평행하게 이어지다가, 어느 지점에서 갑자기 직각으로 꺾였다. 그 순간부터 간격이 조금씩 넓어져, 마치 걸음이 서두르는 것처럼 보였다. 계산해보니 인간의 보폭보다 길었고, 짐승의 보폭보다 규칙적이었다. 무엇보다도 각각의 홈 사이사이에 찍힌 미세한 점선이 눈길을 끌었다. 점선은 한 번씩 멈추었다가 다시 이어지는 펜 선처럼 보였고, 점과 점 사이에는 아주 얇은 선이 희미하게 남아 있었다. 마치 공중에서 이동하며 내려앉은 지점만 찍혔다는 인상을 주었다.

나는 그 점선 하나를 핀으로 살짝 긁어보았다. 그 즉시 손끝에서 바늘로 찌르는 듯한 정전기가 튀었고, 핀 머리가 축 처지며 휘어졌다. 바닷바람은 분명 불고 있었지만 발자국 위의 노래는 꿈쩍도 하지 않았다. 대신 주변의 모래알만 서걱거리는 소리를 내며 이동했다.

사람들이 하나둘 모여들었다. 누군가는 스마트폰을 들이댔고, 누군가는 자와 줄자를 꺼냈으며, 누군가는 바다 쪽을 경계하며 뒤를 돌아봤다. 사진을 찍으면 화면 속 발자국은 실물보다 옅게 보였다. 빛을 받는 각도에 따라 완전히 사라졌다가 다시 나타나기도 했다. 동영상은 더 이상했다. 카메라로 따라가면 분명 앞에 발자국이 있는데, 프레임은 그 위치를 비껴갔다. 재생을 멈추고 한 장씩 넘겨도 발자국은 화면 바깥에서만 존재했다. 마치 기록되기를 거부하는 이미지 같았다.

한 할아버지가 말했다.

"예전에 이런 게 한 번 있었지. 그때도 파도가 못 지웠다."

바닷물이 세 번 밀려들고 네 번 물러나도, 윤곽은 망가지지 않았다. 이틀 뒤에야 사라졌는데, 그 사라지는 방법마저 이상했다고 한다. 바람에 깎여 무너지는 것이 아니라, 마치 뚜껑을 덮듯 위에서부터 천천히 닫히더니 마지막 점 하나만 남기고 흩어졌다는 것이다. 그 말은 이번 사건의 예고처럼 들렸다.

정오가 가까워지자 햇빛이 발자국의 유리막을 강하게 때렸다.

그러자 경계선에 아주 옅은 무지개가 어른거렸다. 손목시계를 들여다보던 사람이 욕설을 내뱉었다. 초침이 제멋대로 흔들리고, 분침은 약간 뒤로 물러났다가 다시 전진했다. 나침반을 꺼낸 청년은, 북쪽을 가리키던 바늘이 발자국 줄기를 따라 기이하게 휘어지는 모습을 보여주었다. 바늘은 홈 하나를 지날 때마다 잠깐 멈췄다가, 다음 홈 쪽으로 톡 튀듯 건너갔다.

새들이 낮게 날았지만 이 선 위로는 결코 들어오지 않았다. 개 한 마리가 냄새를 맡으며 다가오다, 갑자기 털을 곤두세우고 울부짖으며 뒤로 주저앉았다. 주인은 목줄을 잡아끌다 포기했다. 아이 하나가 호기심을 못 이기고 발자국 가장자리에 손끝을 댔다. 그러자 아이의 눈동자가 순식간에 초점을 잃었고, 입술이 미세하게 떨렸다. 아무 말도 하지 못하던 아이는 한참 만에 숨을 크게 들이쉬더니, 낮게 속삭였다.

바람이 안에서 밖으로 나오는 듯했다. 우리는 줄자를 꺼내 보폭을 재기 시작했다. 처음 열 걸음은 정확히 142cm 간격이었다. 그다음은 148, 151, 155로 늘어났다가 다시 142로 돌아왔다. 그 패턴은 세 번을 주기로 반복됐다. 모래 위에 주기를 따라 작은 표시를 남기며 이동하자, 어딘가 낯익은 리듬이라는 생각이 들었다.

누군가 휴대폰의 메트로놈 앱을 켰다. 박자를 맞춰보니 보폭 변화가 3/4박자와 기묘하게 일치했다. 발자국은 마치 보이지 않는 곡을 따라 춤추듯 이어져 있었다. 웃음이 새어 나왔지만, 그건 편안한 웃음이 아니었다. 오히려 어색한 공포가 입에서 튀어나온 것이었다.

 우리는 그 리듬을 따라가다 어느 지점에서 걸음을 멈췄다. 그곳에서 발자국은 갑자기 깊이가 얕아졌다. 유리막은 끊기듯 사라졌고, 모래는 본래 질감으로 돌아왔다. 문제는 그 지점부터였다. 발자국이 공중으로 이어졌다는 말은 과장이 아니었다. 모래 위의 마지막 홈에서 세 걸음 떨어진 허공에는, 분명 비정상적인 왜곡이 있었다. 햇빛이 그곳에서 미세하게 접히며, 흐릿한 타원형 일그러짐을 만들고 있었다. 그 중심을 통과해 바다 쪽으로 날아가는 사선의 흔적은, 마치 보이지 않는 유리판 위에 먼지가 앉은 것처럼 반짝였다.

 그날 오후 늦게 파도가 높아졌다. 발자국의 절반이 물에 잠겼지만, 잠긴 부분의 윤곽은 흐려지지 않았다. 물이 빠져나간 자리에는 오히려 얇은 막이 더 두껍게 형성되었다. 손톱으로 긁으면 유리를 긁는 듯한 소리가 났다.

 바닷가 잡화점에서 산 싸구려 자석을 대어 보았지만 반응은 없었다. 대신 자석 표면에 붙어 있던 금속가루들이 발자국 경계선으로 끌려갔다. 가루는 원을 따라 두세 바퀴 돌다가 흩어졌다.

 해가 기울자 모래사장 전체의 그림자가 길게 늘어졌다. 발자국들의 음영이 선명해졌고, 그 순간 우리 모두는 등 뒤에서 누군가가 숫자를 세고 있다는 기분을 느꼈다. 이유는 알 수 없었다. 그러나 그 숫자는 아홉에서 거꾸로 줄어드는 느낌이었다. 나중에 서로의 기억을 대조해 보니, 다들 비슷한 순간에 같은 추위를 느꼈다.

아홉, 여덟, 일곱… 그때 멀리서 파도 소리와 아이를 부르는 어머니의 목소리가 들려왔다. 그게 아니었으면 우리는 그 자리에서 발을 떼지 못했을 것이다.

밤이 되자 바다는 잔잔해졌다. 하늘에는 별이 쏟아졌다. 발자국은 낮과 달리 은은하게 빛을 띠었고, 경계선마다 미세한 점들이 별자리처럼 반짝였다. 우연이라 하기엔 이상할 만큼 그 점들의 배열은 하늘의 별과 닮아 있었다. 특히 북동쪽으로 기울어진 세 점은 머리 위의 세 별과 정확히 같은 삼각형을 이루었다.

우리는 모래 위와 하늘을 번갈아 가리키며 소곤거렸다. 갑자기 머리맡을 스치는 바람이 지나가더니, 발자국의 첫 번째 홈 가장자리에서 아주 조용한 소리가 들렸다. 말이라고 하기에도, 음악이라고 하기에도 애매한, 그러나 분명 구조를 가진 음색이었다. 귀를 가까이 대도 소리는 커지지 않았다. 오히려 멀어졌고, 대신 가슴 안쪽이 당겨지는 느낌이 커졌다.

그 소리는 우리를 어디론가 데려가고 있었다. 우리는 모래 위에서 움직이지 않았지만, 마음은 이미 발자국의 마지막 지점에서 있었다.

새벽이 되자 기온이 떨어지고 하얀 안개가 내려왔다. 발자국은 안개 속에서 윤곽을 잃는가 싶더니, 갑자기 투명하게 빛났다. 그 순간 유리막 같은 경계가 하나둘씩 닫히기 시작했다. 첫 번째 홈의 빛이 꺼지고, 두 번째, 세 번째… 마치 초를 끄듯 순서대로 사라졌다. 마지막 점 하나만 오래도록 남아 깜빡였다.

우리는 그 점을 둘러싸고 서 있었다. 아무도 먼저 손을 내밀지 않았다. 결국 한 사람이 조심스럽게 손바닥을 펴 그 점 위에 올렸다. 그의 눈이 커졌고, 우리는 본능적으로 숨을 멈췄다.

그는 말했다.

"아주 천천히, 뭔가가 지나간다. 위에서 아래로… 물처럼이 아니라 그림자처럼."

손을 들어 올렸을 때, 그의 손바닥에는 아무 흔적도 없었다. 그러나 모래 위의 마지막 점이 사라져 있었다.

아침 햇살이 비칠 때, 해변에는 다시 평범한 모래만 남아 있었다. 발자국이 지나가던 선은 살짝 더 단단해졌을 뿐, 유리막의 감촉도, 무지개의 테두리도, 낮게 울리던 진동도 모두 사라졌다.

대신 그 경로를 따라 아주 미세한 은빛 가루가 한 줌 남아 있었다. 손끝에 묻혀 햇빛에 비추면, 가루는 가볍게 깜박이며 색을 바꿨다. 우리는 그 가루를 작은 병에 담았다. 병을 흔들 때마다 안에서 소리가 났다. 모래가 부딪히는 소리도, 금속이 긁히는 소리도 아닌, 우리가 어젯밤에 들었던 그 구조의 잔향이었다.

말도 음악도 아닌 그 무언가의 조각이었다. 우리는 그 병을 놓고 한동안 아무 말도 하지 않았다. 누군가 말했다.

"이건 우리에게 남긴 영수증 같은 거야. 누군가가 분명 다녀갔고, 다시 올 거라는 증명서 같은 거야."

그리고 나도 알았다. 발자국은 사라졌지만, 그 보폭과 리듬은 우리의 걸음에 남았다. 한동안 그 해변을 걸을 때면 모르게 3/4 박자를 밟게 될 것이다. 그 박자는 바다와 하늘과 모래가 공유하는 공통의 호흡처럼, 귓속에서 계속 이어졌다. 미스터리는 끝나지 않았다. 계속 걷고 있었다.

④
하늘에서 떨어진 금속 파편

그날 새벽은 유난히 고요했다. 달빛은 흐릿하게 논과 밭을 감싸고, 바람조차 쉬어가는 듯 숲은 고요를 품고 있었다. 그 평온함을 깨트린 것은 멀리서 점점 커져 오는 낮고 묵직한 굉음이었다. 처음에는 바람의 방향이 바뀌며 내는 소리 같았지만, 이내 그것이 단순한 자연의 소리가 아니라는 것을 누구나 느낄 수 있었다. 소리는 날카롭게 변하며 마치 공기를 가르듯 다가왔고, 그 순간 창문을 열어 올려다본 사람들의 시야에 불타는 꼬리를 단 거대한 빛이 하늘을 가르며 내려오고 있었다. 꼬리는 붉은빛과 금빛이 섞여 있었고, 궤적을 남긴 채 밤하늘을 찢어 놓은 듯했다.

그 빛은 하강하더니 갑자기 시야에서 사라졌고, 직후 땅속 깊은 곳에서부터 울려 나오는 듯한 묵직한 진동이 마을을 흔들었다. 사람들은 놀라 창밖으로 몸을 내밀었고, 개들은 이유 모를 불안에 짖어대며 이리저리 뛰어다녔다. 먼 곳에서 흙먼지가 솟아오르고, 그 안에서 불타는 쇳내가 바람을 타고 퍼져 왔다. 몇몇 대담한 주민들이 손전등을 들고 소리의 근원을 향해 걸음을 재촉했다. 그들이 도착한 곳은 평소 평탄하던 논과 밭이 이어진 들판이었지만, 이제 그 자리는 거대한 구덩이가 파여 있었다. 지름이 십여 미터는 족히 되어 보였고, 중앙에는 연기와 흙먼지 속에서 은빛과 청색이 섞인 빛을 내는 금속 파편들이 흩어져 있었다.

파편은 지구에서 흔히 볼 수 있는 쇳덩어리와 전혀 달랐다. 표면은 은은한 광택을 내면서도 빛이 닿으면 내부에서 파동이 번지는 듯 보였고, 그 위에는 규칙적이면서도 복잡한 문양이 새겨

져 있었다. 마치 오래전부터 존재해 온 고대의 암호 같기도 하고, 아직 인간이 해독하지 못한 과학적 언어 같기도 했다. 어떤 조각은 손바닥에 들어올 정도로 작았지만 무게는 믿기 힘들 만큼 묵직했고, 다른 조각은 얇고 가벼웠으나 손끝으로 닿는 순간 깊은 차가움이 스며드는 기묘한 감각을 남겼다. 이 금속은 마치 살아 있는 듯 사람의 체온을 흡수하고, 표면을 스치는 손전등 불빛에 따라 색조가 미묘하게 변했다.

호기심을 참지 못한 한 청년이 파편 하나를 집어 들었다. 그러나 손바닥에 전해진 미세한 진동이 그의 온몸으로 퍼져나가자, 그는 본능적으로 그것을 놓아버렸다. 땅에 떨어진 순간, 파편은 '찌익' 하는 짧고 날카로운 소리를 내며 공기 속으로 보이지 않는 파동을 방출했다. 그 자리에 있던 몇몇 사람들은 귀가 순간적으로 먹먹해지고 눈앞이 아찔해지는 이상한 현상을 겪었다. 이 경험은 곧 모두에게 경계심을 불러일으켰고, 사람들은 더 이상 함부로 파편에 손을 대지 않았다. 대신 일정한 거리를 두고 그 빛을 바라보며 숨을 죽였다.

시간이 흘러 새벽빛이 들판에 번졌지만, 파편의 광채는 전혀 사그라들지 않았다. 심지어 이슬방울이 맺히는 순간에도 물은 표면에 닿자마자 사라져 버렸고, 습기나 먼지가 전혀 붙지 않았다. 마을의 원로들은 이 금속이 단순한 운석이 아니라고 단정지었으며, 어떤 이들은 하늘에서 내려온 물건이라고 속삭였다. 아이들은 멀리서 그 빛을 바라보며 두려움과 호기심을 동시에 느꼈고, 몇몇은 꿈속에서조차 그 문양을 보았다고 이야기했다.

며칠 뒤, 마을에는 군용 차량과 함께 몇 명의 과학자들이 도착했다. 그들은 흰 장갑과 특수 장비를 착용하고 조심스럽게 파편을 수거하기 시작했다. 그러나 예상치 못한 일이 벌어졌다. 일부 파편은 일반 금속 집게로는 전혀 움직이지 않았고, 주변의 전자 장비가 일제히 오작동을 일으켰다. 손목시계의 초침이 멈추거나 무전기에서 알 수 없는 잡음이 쏟아져 나왔다. 과학자들은 서로 짧은 대화를 나누며 서둘러 기록을 남기고, 파편을 전부 트럭에 실어 어디론가 향했다. 그들의 표정은 굳어 있었고, 무엇을 발견했는지에 대해서는 아무 말도 하지 않았다.

파편이 사라진 뒤, 그 자리는 이상하게 변했다. 구덩이 주변의 풀과 작물은 모두 시들었고, 몇 주가 지나도 새로운 풀 한 포기조차 돋아나지 않았다. 심지어 길고양이나 들짐승조차 그곳을 피하는 듯 보였다. 주민들은 이곳을 '죽은 땅'이라 불렀고, 해가 진 후에는 그 주변을 돌아다니지 않았다. 그러나 몇몇 사람들은 밤이 되면 그 구덩이에서 희미한 푸른빛이 피어오르는 것을 봤다고 주장했다. 그 빛은 마치 심장 박동처럼 일정한 간격으로 강해졌다가 약해지기를 반복했다고 한다.

그날 이후로도 마을 사람들은 종종 하늘에서 기묘한 빛을 목격했다. 어떤 이들은 먼 산 너머에서 번쩍임과 함께 늦게 울리는 기계음 같은 소리를 들었다고 했고, 또 다른 사람은 새벽 안개 속에서 커다란 그림자가 천천히 움직이는 것을 보았다고 했다. 목격담은 제각각이었지만, 모두가 그 빛과 소리가 '그날의 파편'과 관련 있다고 믿었다. 사람들은 점점 이 이야기를 외부에 알리는 것을 꺼렸고, 대신 입을 굳게 다문 채 서로의 기억 속에만 간직했다.

 세월이 흘러도 그 금속 파편의 정체는 끝내 밝혀지지 않았다. 정부나 과학자들이 공식 발표를 한 적은 없었고, 기록은 어디에도 남지 않았다. 그러나 어느 맑은 밤이면, 여전히 파편이 떨어졌던 그 방향의 하늘에서 은빛 불꽃이 스치듯 나타났다 사라졌다.

그것이 단순한 우연인지, 아니면 파편이 주인을 기다리고 있는 신호인지는 아무도 알지 못했다. 다만 마을 사람들은 알고 있었다. 그날의 사건이 끝난 것이 아니라, 아직도 어딘가에서 이어지고 있다는 사실을.

05
무전기에 잡힌 알 수 없는 목소리

 마을의 밤은 늘 조용했다. 오래된 가로등이 내뿜는 희미한 불빛만이 골목길을 비추고, 간헐적으로 들려오는 개 짖는 소리와 나무 사이를 스치는 바람 소리가 전부였다. 그런데 그날 밤, 평소와는 다른 전파의 물결이 이 고요함을 가르고 들어왔다. 무전기를 켜고 있던 사람들은 처음에 그것을 단순한 잡음이나 전파 간섭으로 생각했다. 하지만 몇 초 지나지 않아, 그 잡음 속에서 분명히 '목소리'가 섞여 있다는 사실을 깨달았다. 그 소리는 사람의 말처럼 들렸지만, 동시에 기계가 내는 음색을 띠고 있었다. 금속성의 울림과 공허한 잔향이 묘하게 섞여, 듣는 이를 불안하게 만들었다. 마치 바다 밑 깊은 곳에서 전해져 오는 소리를 억지로 끌어올린 듯 묘하게 왜곡되어 있었고, 말끝마다 짧게 전류가 튀는 듯한 잡음이 섞였다.

무전기 동호회 회원 몇 명이 서로 다른 주파수로 이동해보았지만, 그 목소리는 계속 따라왔다. 채널을 바꾸고, 안테나 방향을 돌리고, 심지어 전원을 껐다 켜도 소리는 다시 흘러나왔다. 그 목소리는 일정한 패턴을 가지고 있었다. 짧은 신호음 세 번, 그리고 세 개의 단어, 다시 침묵. 마치 누군가가 메시지를 보내고 응답을 기다리는 것처럼 보였다. 더 이상 우연이라 부를 수 없을 만큼 명확하고 반복적인 구조였다. 게다가 그 단어들은 이 지역의 어떤 언어와도 일치하지 않았고, 발음조차 생소했다. 모음을 길게 끄는 특유의 억양과 중간중간 울리는 저주파의 '쿵' 하는 소리는 사람의 성대가 낼 수 있는 범위를 넘어선 것 같았다.

이상한 일은 여기서 끝나지 않았다. 시간이 깊어질수록, 그 목소리는 점점 또렷해졌다. 처음에는 바람 소리와 뒤섞여 간신히 구분되던 것이, 새벽 두 시가 넘자 잡음이 거의 사라지고 맑게 들리기 시작했다. 그 순간 무전을 듣던 이들은 서로 눈빛을 주고받았다. 오싹한 기운이 등줄기를 타고 내려갔다. 누군가 녹음을 시작했고, 그 파일은 이후 이 마을에서 가장 유명한 미스터리 증거로 남게 된다. 녹음 속 목소리는 간헐적으로 속삭이듯 낮아졌다가, 갑자기 크게 울려 퍼지기도 했다. 마치 먼 곳에서 다가왔다가 바로 귀 옆에서 속삭이는 듯한 착각을 불러일으켰다.

그러다 이상한 현상이 벌어졌다. 목소리와 함께 주변의 전자기기가 하나둘씩 영향을 받기 시작한 것이다. 집 안의 전자시계가 멈췄고, 라디오에서 기괴한 전자음이 흘러나왔다. 심지어 일부 가정에서는 형광등이 깜빡이며 밝기가 변했다. 무전을 듣던 사람 중 한 명은 손목시계의 초침이 반대 방향으로 돌아가는 것을 목격했다고 주장했다. 이 모든 현상이 목소리와 동시에 나타났다가, 목소리가 사라지면 거짓말처럼 멈췄다.

그날 이후로, 마을 사람들은 밤이 되면 무전기를 켜기를 꺼리게 되었다. 그러나 호기심 많은 몇몇은 오히려 더 깊이 이 현상을 추적했다. 그들은 음성을 분석하고, 패턴을 기록하며, 해외의 전파 감시소와도 접촉했다. 하지만 돌아온 답은 모두 같았다.

"그런 신호는 공식적으로 존재하지 않는다."

전 세계 전파 감시 데이터 어디에도 동일한 주파수와 패턴은 기록되어 있지 않았다. 즉, 그것은 누군가의 장난이나 자연 현상으로 설명할 수 없는, 완전히 미지의 신호였다.

이후 몇 차례 더 목소리가 포착되었고, 패턴도 조금씩 변했다. 처음에는 세 개의 단어만 반복되었지만, 시간이 지날수록 문장의 길이가 늘어났다. 하지만 여전히 그 뜻을 아는 사람은 없었다. 일부는 그것이 조난 신호일지도 모른다고 주장했고, 다른 일부는 외계 생명체가 보내는 메시지일 가능성을 제기했다. 또 어떤 사람은, 그것이 미래에서 보내온 경고일 수도 있다고 말했다.

단지 몇 초간 흘러나온 알 수 없는 목소리가 사람들의 상상력과 공포를 자극하며, 마을을 거대한 미스터리의 무대 위에 올려놓았다.

지금도 그 녹음 파일은 남아 있다. 하지만 전문가들이 아무리 분석해도 잡음 속에 숨은 진짜 의미를 해독하지 못했다. 다만, 목소리의 억양과 간헐적인 신호음을 이어 붙이면, 마치 누군가가 좌표를 부르고 있는 것처럼 들린다는 해석이 있었다. 그렇다면 그 좌표는 어디를 가리키는 걸까. 혹시, 우리가 감히 가서는 안 될 장소는 아닐까. 그리고 무엇보다도, 왜 그 목소리는 하필 이 작은 마을을 선택해 들려온 걸까.

06
갑자기 나타난 하늘의 문

한여름 밤, 공기가 유난히도 무겁게 내려앉은 시각, 하늘 한쪽에서 이상한 빛줄기가 퍼져나오기 시작했다. 처음에는 번개처럼 보였지만 소리도, 번쩍임도 없이 길게 이어졌고, 그 빛은 마치 거대한 원형의 틈새를 그리며 서서히 펼쳐졌다. 주변의 새소리와 바람소리마저 사라진 가운데, 사람들은 본능적으로 숨을 죽였다. 틈새는 점점 넓어져 푸른 빛과 붉은 빛이 교차하며 일렁였고, 그 속에서는 형체를 알 수 없는 그림자가 천천히 움직였다. 마치 검은 실루엣이 하늘의 깊은 층에서 아래로 내려오는 듯한 기묘한 장면이었으며, 보는 이들의 시선은 그 현상에서 단 한 순간도 떨어지지 않았다.

문제는 그 빛의 틈새가 단순한 자연 현상처럼 보이지 않았다는 것이다. 모양이 너무 완벽했고, 주변의 구름마저 그 경계선을 피해 흐르는 듯했다. 틈새 안쪽에는 아득히 먼 풍경이 잠깐씩 스쳤는데, 그것은 분명 이 지구가 아닌 낯선 세계 같았다. 산맥인지, 거대한 구조물인지 알 수 없는 형상들이 언뜻 나타났다가 사라졌고, 그 틈에서 금속성이 느껴지는 울림 같은 소리가 희미하게 들려왔다. 한 목격자는 그 소리를 '심장이 뛰는 소리처럼 규칙적인 진동'이라고 표현했다. 그 순간 사람들의 가슴 속에도 알 수 없는 떨림이 번져갔다.

그 빛의 문은 마치 초대라도 하듯, 일정한 주기로 빛의 세기를 강하게 높였다가 다시 줄였다. 그때마다 주변의 공기가 파동처럼 흔들렸고, 그 진동이 발끝에서 머리끝까지 관통하는 듯한 감각이 일어났다. 어떤 이들은 그 빛을 바라보다 갑작스럽게 어지럼증을 느껴 주저앉았고, 어떤 이는 그 순간 전혀 모르는 장면이 머릿속에 강제로 주입되는 듯한 착각을 경험했다고 말했다. 그 장면 속에는 자신이 가본 적 없는 도시와, 하늘을 가로지르는 기묘한 물체들이 있었다. 마치 문을 통해 무언가가 이쪽 세계로 이미 스며든 듯한, 불길하고도 매혹적인 느낌이 그 자리에 있던 모두를 사로잡았다.

시간이 지날수록 빛의 문 안에서 움직이는 그림자가 점점 또렷해졌다. 그것은 사람과 비슷한 듯 보였으나, 어깨가 넓고 팔다리가 길었으며 머리 부분은 뾰족하게 솟아 있었다. 한 손에는 길쭉한 막대 같은 것을 쥐고 있었는데, 그것이 순간 번쩍이며 푸른 불꽃 같은 입자를 흩뿌렸다. 그 불꽃은 문을 넘어 이쪽 공기 중에 녹아들었고, 곧 작은 번쩍임들이 사람들의 눈앞에서 흩어졌다. 어떤 이는 그 빛이 피부에 닿는 순간 찬물에 손을 담근 듯 서늘했다고 증언했다.

마을 외곽에 있던 몇몇 전자기기가 동시에 오작동하기 시작한 것도 그때였다. 라디오에서는 잡음 사이로 알아들을 수 없는 언어가 흘러나왔고, 가로등은 규칙적으로 깜빡이며 마치 신호를 보내는 것처럼 보였다. 휴대전화 화면에는 무작위 숫자와 기호가 번쩍이며 나타났다가 사라졌고, 일부 카메라는 그 빛의 문을 찍으려는 순간 렌즈가 하얗게 번져 아무것도 기록하지 못했다. 마치 문 그 자체가 기록을 거부하고 있는 듯했다. 그 와중에도 빛의 문은 한층 더 크게 벌어지고 있었고, 그 너머의 세계가 조금 더 선명하게 다가왔다.

그러나 그 문은 아무 예고 없이 사라졌다. 마지막 순간, 틈새는 거대한 파도처럼 휘어지며 안쪽으로 빨려 들어갔고, 마치 존재한 적도 없다는 듯 흔적 하나 남기지 않았다. 오직 남은 것은 땅 위의 얇은 검은 그을음 자국과 공기 중에 희미하게 맴도는 금속 냄새뿐이었다. 사라진 직후, 주변의 소리가 다시 돌아왔지만 사람들의 마음속에는 설명할 수 없는 공허함과 불안이 남아 있었다. 무엇보다, 그 현상이 자연스러운 끝이 아니라 누군가의 '닫힘'으로 마무리된 것 같다는 직감이 모두의 뇌리를 스쳤다.

그날 이후, 하늘의 문을 목격한 이들은 한 가지 공통된 경험을 나누었다. 자고 있는 동안 머릿속에 낯선 풍경이 계속 떠오르고, 귀에는 낮게 울리는 규칙적인 진동이 맴돌았다. 일부는 그것이 꿈인지 현실인지 구분할 수 없었으며, 몇몇은 아예 그날 이후 실종되거나 행방이 묘연해졌다. 마치 하늘의 문이 완전히 닫히지 않은 채, 이 세계와 다른 세계의 경계가 여전히 얇게 이어져 있는 듯했다. 사람들은 두려움과 호기심 속에서, 그 문이 다시 열릴 날을 예감했다.

그리고 어느 비 오는 밤, 마을 위로 낯익은 푸른 빛이 스멀스멀 번지기 시작했다. 이번에는 하늘 한가운데가 아니라, 지평선 가까운 곳에서 천천히 틈이 벌어지고 있었다. 빛은 이전보다 훨씬 강렬했고, 공기 중에는 전기 스파크처럼 날카로운 기운이 가득했다. 그것을 본 사람들은 직감했다. 처음 나타난 하늘의 문은 단지 시작에 불과했으며, 그 너머에서 무언가가 확실히 다가오고 있다는 것을. 이제 그 문은, 단순히 구경거리로 머물지 않을 것이라는 사실을.

07
구름 속에서 내려온 그림자

 해가 저물어가던 늦여름 저녁, 마을 위로 구름이 유난히도 낮게 깔리기 시작했다. 처음에는 비라도 올 기세라 생각한 사람들이 집으로 발걸음을 재촉했지만, 곧 하늘빛이 기묘하게 변하는 것을 보고 걸음을 멈췄다. 구름의 한가운데에서부터 옅은 빛이 새어 나오더니, 그 안쪽이 마치 안개처럼 흐물흐물하게 흔들렸다. 구름은 바람의 방향과 상관없이 제자리에 머물렀고, 주변의 소리는 갑자기 멎었다. 강아지 짖는 소리, 벌레 우는 소리, 멀리서 들리던 차량 소음까지 모두 사라진 순간, 사람들은 마치 무언가가 하늘을 뚫고 내려올 것 같은 불길한 예감을 느꼈다.

 그 빛의 중심에서 서서히 그림자가 형성되기 시작했다. 처음에는 단순히 덩어리진 어둠처럼 보였지만, 점차 길고 날렵한 형체가 드러나며 사람들의 숨을 막았다. 그림자는 팔과 다리를 가진 것처럼 보였고, 한쪽 어깨에는 무언가를 걸친 듯 불룩하게 솟아 있있다. 바람 한 점 불지 않는 공기 속에서, 그 실루엣은 천천히 구름 아래로 내려오고 있었다. 어둠 속에서도 선명하게 보이는 윤곽은 인간의 것과 닮았으면서도 어딘가 균형이 맞지 않았고, 팔은 너무 길었으며 머리 부분은 이상하게 각져 있었다. 보는 이들은 그것이 이 세상의 생명체가 아니라는 사실을 직감했지만, 발걸음을 뗄 수 없었다.

그림자가 내려올수록 주변 공기는 더욱 무거워졌다. 마치 대기 전체가 눌리는 듯한 압박감이 가슴을 짓눌렀고, 피부에 닿는 공기가 서서히 차가워졌다. 몇몇 사람들은 귀가 먹먹해지는 느낌을 받았고, 다른 이들은 머릿속에 억눌린 듯한 웅웅거림을 들었다. 이상하게도 이 소리는 귀로 들리는 것이 아니라 머릿속 깊은 곳에서 울리는 듯했고, 그 진동은 심장 박동과 미묘하게 맞물려 점점 더 불안하게 만들었다. 그러는 사이, 그림자는 발끝이 구름 가장자리를 스치며 서서히 땅과 가까워졌다. 구름 아래로 드리운 그 실루엣은 이제 마을 광장의 한가운데에 닿을 듯 보였다.

그 순간, 마치 신호라도 주는 듯 구름 속에서 번개 같은 빛줄기가 한 번 번쩍였다. 그러나 그것은 우리가 아는 번개의 황백색이 아니라, 깊은 청록빛이었고 빛 속에서 미세한 입자들이 눈처럼 흩날렸다. 그 입자들은 공기 중에서 느리게 회전하며 사람들의 머리 위로 떨어졌고, 피부에 닿자 얼음처럼 차가운 감각과 함께 짧은 전류가 흐르는 듯한 찌릿함을 남겼다. 일부 사람들은 그 순간 눈앞에 전혀 다른 풍경이 스쳐 지나가는 것을 보았다고 했다. 그 풍경은 거대한 금속 기둥이 줄지어 선 공간, 바닥이 빛나는 검은 광석으로 덮인 도시, 그리고 하늘을 가득 채운 미확인 비행물체들이었다.

그림자는 광장 위에 완전히 내려서자 움직이지 않고 한동안 그 자리에 서 있었다. 그리고 고개를 천천히 돌려 마을 사람들을 훑어보았다. 얼굴은 여전히 어둠 속에 가려져 있었지만, 눈에 해당하는 부위에서 두 줄기 붉은 빛이 번쩍였다. 그 빛은 마치 사람의 의식을 꿰뚫는 듯한 강렬함을 가졌고, 마주친 사람들은 몸이 굳어 한 발짝도 움직이지 못했다. 이때 누군가가 휴대전화를 들어 촬영하려 했지만, 화면은 곧 검게 변했고, 이어서 전원이 꺼졌다. 다른 전자기기도 마찬가지로 하나둘씩 꺼졌고, 마을 전체가 갑작스럽게 암흑에 휩싸였다.

짧은 정적이 흐른 뒤, 그림자는 하늘로부터 또다시 빛을 끌어내리는 듯한 동작을 취했다. 그러자 머리 위 구름 속에서 거대한 원형 구조물이 희미하게 모습을 드러냈다. 그것은 금속으로 된 듯 반짝였으며, 표면에는 움직이는 듯한 문양이 흐르고 있었다. 마치 이 구조물이 그림자를 내려보낸 모선처럼 보였다. 사람들은 이제 확신했다. 이것은 단순한 환영이나 기상 현상이 아니라, 이 세계와 다른 차원의 무언가가 직접 나타난 순간이라는 것을. 그러나 그들이 더 반응하기도 전에, 그림자는 갑자기 몸을 뒤로 젖히며 다시 구름 속으로 천천히 상승하기 시작했다.

마지막으로 그림자의 발끝이 구름 속으로 완전히 사라질 때, 구름은 마치 아무 일도 없었다는 듯 서서히 흩어졌다. 주변의 소리는 조금씩 돌아왔지만, 그 자리에 있던 사람들은 여전히 충격에서 벗어나지 못했다. 어떤 이들은 그 후 며칠 동안 붉은 빛이 눈앞에서 아른거렸고, 누군가는 그날 이후 매일 밤 꿈속에서 청록빛 번개와 금속 기둥의 도시를 보았다고 했다. 마치 그림자가 단순히 내려왔다가 사라진 것이 아니라, 마을과 그곳 사람들에게 보이지 않는 표식을 남기고 간 듯한 기분이 들었다. 그리고 그 표식이 언젠가 또 다른 사건의 시작점이 될 것이라는 예감은, 시간이 갈수록 점점 더 확실해졌다.

08
하늘빛 속에 숨겨진 낯선 표식

 하늘빛 속에 숨겨진 낯선 표식은 처음에는 단순한 빛의 왜곡으로 여겨졌다. 그러나 목격자들의 증언은 모두 기이하게 일치했다. 은은하게 퍼진 푸른빛의 한가운데에는 어떤 기호나 상징 같은 무늬가 흐릿하게 나타났고, 그것은 마치 공중에 떠 있는 투명한 천 위에 새겨진 것처럼 빛의 결을 따라 반짝였다. 그 무늬는 자연적으로 형성된 무늬와는 달리 명확한 대칭성과 구조를 가지고 있었으며, 직선과 곡선이 교차하는 형태로 사람들의 눈에 오래도록 남았다. 처음 본 사람들은 그것이 구름의 그림자나 기상현상일 것이라고 추측했지만, 시간이 지날수록 그 형상은 오히려 더 선명해졌고, 빛이 사라지기 전까지는 결코 흐려지지 않았다.

 이 표식은 특정한 장소에서만 관측되었고, 그 지점은 지리적으로 의미심장했다. 주변에는 고대 유적이 남아 있거나 오래된 전설이 전해지는 마을이 있었으며, 일부는 수백 년 전에도 유사한 표식을 목격했다는 기록을 가지고 있었다. 오래된 마을의 장부에는 '하늘에 글자가 새겨졌다'는 표현과 함께 간단한 그림이 남아 있었는데, 현대인이 본 형상과 매우 흡사했다. 이런 일치는 단순한 우연이라고 보기 어려웠고, 현장에 모인 사람들은 과거와 현재가 한 점으로 겹쳐지는 순간을 목격한 것처럼 느꼈다. 특히 표식이 나타난 후 며칠간은 전자기기의 오작동과 방향 감각의 혼란이 빈번하게 보고되었는데, 이는 표식이 단순한 시각적 현상이 아니라 공간의 구조에까지 영향을 미친 가능성을 시사했다.

관측된 표식의 형태를 세밀하게 분석한 결과, 그것은 지구상의 어느 문명에서도 동일한 문양을 찾아보기 힘든 복합적인 구조를 지니고 있었다. 곡선은 나선처럼 감기다가 직선과 만나며 급격히 꺾였고, 중심부에는 마치 원과 삼각형이 중첩된 듯한 도형이 자리했다. 이러한 기하학적 조합은 천문 관측이나 별자리 지도와 유사한 부분이 있었지만, 기존 별자리와 일치하지는 않았다. 전문가들은 표식이 빛과 공기의 상호작용으로 형성된 패턴일 가능성을 제기했으나, 그 경우 이런 정밀한 대칭과 구조가 만들어질 확률은 거의 제로에 가까웠다. 표식의 모양은 시간이 지남에 따라 변형되지 않았고, 심지어 관측자들이 위치를 바꾸어도 각도에 따라 달라지지 않았다. 이는 그것이 불리석 공산 속에 고정된 무언가였음을 암시했다.

표식이 처음 관측된 날, 현장에는 우연히 촬영 장비를 들고 있던 아마추어 사진가들이 있었고, 그들이 남긴 고해상도 이미지 덕분에 세부적인 분석이 가능해졌다. 사진을 확대해 보면 빛의 표면에 미세한 결이 있으며, 그 결 속에 더 작은 기호들이 촘촘하게 박혀 있는 것이 확인되었다. 이는 마치 하나의 거대한 문양이 또다시 수많은 작은 문양들로 이루어진 '프랙탈 구조'처럼 보였다. 작은 기호들은 육안으로는 구분하기 어려웠지만, 확대 영상에서는 복잡한 상형문자나 미지의 코드처럼 드러났다. 연구자들은 이 패턴이 의도적으로 설계된 정보 전달 체계일 가능성을 제기하며, 단순한 장식이 아니라 특정 메시지를 담고 있을 수 있다고 주장했다.

흥미로운 점은 표식이 나타나는 동안 주변의 환경 변화도 관측되었다. 표식 아래에서는 바람이 거의 멈추었고, 소리가 묘하게 울리는 현상이 발생했으며, 동물들이 불안해하거나 한쪽 방향을 응시하는 행동을 보였다. 특히 새들은 표식의 바로 아래를 비행하지 않았고, 그 경로를 크게 돌아서 날아갔다. 사람들은 그 광경을 보며 본능적으로 이곳이 '접근해서는 안 되는 영역'이라는 느낌을 받았다고 증언했다. 이러한 반응은 과거 다양한 문화권에서 '하늘의 징조'로 기록된 사례와 매우 유사했다. 고대의 기록에서도 하늘에 나타난 빛무늬가 사람들의 이동 경로나 제례의식을 변화시켰다는 이야기가 전해지는데, 이번 현상 역시 그러한 범주에 속한다고 볼 수 있었다.

시간이 흐르며 표식은 점차 옅어지기 시작했지만 완전히 사라지기 직전까지도 그 형태는 변하지 않았다. 마지막 순간, 표식은 마치 바람에 흩날리는 모래처럼 부드럽게 풀리며 빛 속으로 녹아들었고, 그 자리를 바라보던 사람들은 강한 아쉬움과 동시에 알 수 없는 안도감을 느꼈다. 흥미롭게도 표식이 사라진 직후 몇몇 목격자들은 잠시 동안 머릿속에 이해할 수 없는 이미지나 단어가 스쳐 지나갔다고 말했다. 그것은 명확한 언어가 아니었지만, 직관적으로 어떤 '의미'를 전달받았다는 느낌을 주었다. 이는 표식이 단순한 시각적 현상을 넘어, 보는 사람의 인식에 직접적인 영향을 미쳤을 가능성을 제기하게 만들었다.

이 사건 이후 해당 표식은 '하늘빛의 문장'이라는 이름으로 불리게 되었고, 다양한 해석과 가설이 쏟아졌다. 일부는 고대 외계 방문자의 흔적이라고 주장했고, 다른 이들은 지구 내부나 다른 차원에서 온 신호라고 보았다. 또 어떤 이들은 인류가 아직 이해하지 못한 자연 법칙이 우연히 드러난 순간일 뿐이라고 했다. 그러나 분명한 것은, 이 표식이 목격자들에게 강렬한 인상을 남겼으며 그 기억은 단순한 호기심을 넘어 삶의 방향을 바꾸는 계기가 되었다는 점이다. 하늘빛 속에 숨겨진 그 낯선 표식은 지금도 설명되지 않은 채, 사람들의 마음속에서 여전히 살아 움직이고 있다.

2장

바다 속의 비밀

01
해저 동굴 속 빛나는 문

해저 탐사대가 처음 그 지역의 바닷속을 조사하기 시작했을 때, 그들의 목표는 단순히 산호 군락과 해양 생태계를 기록하는 것이었다. 그러나 해안선에서 약 3킬로미터 떨어진 수심 80미터 지점에서 그들은 예상치 못한 형상을 발견하게 된다. 바위 절벽의 경사면이 갑자기 움푹 파인 곳에 거대한 해저 동굴의 입구가 있었고, 입구 주변에는 자연적으로 형성되었다고 보기 어려운 매끈한 표면과 균일한 곡선이 이어져 있었다. 마치 누군가 정교한 도구로 절단하고 다듬은 듯한 느낌을 주었으며, 동굴 벽면 일부는 바닷속에서도 은은히 빛을 발하고 있었다. 그 빛은 단순한 반사광이 아니라 스스로 발광하는 듯했고, 가까이 다가갈수록 주위 수온이 약간 상승하는 현상까지 감지되었다. 조사팀은 이 현상을 해양 생물의 발광 가능성으로 추정했지만, 빛의 파장이 일반적인 해양 생물의 발광 스펙트럼과는 달랐다.

동굴 안쪽으로 들어가자 입구에서 보았던 빛의 근원이 점점 더 뚜렷하게 드러났다. 벽면 깊숙한 곳에 커다란 문처럼 보이는 구조물이 있었는데, 그것은 직사각형 형태를 하고 있었으며 표면 전체가 부드러운 금속질 광택을 띠고 있었다. 이상한 점은 그 문이 전혀 녹슬지 않았고, 심지어 수백 년 동안 바닷물 속에 있었음에도 부식의 흔적이 보이지 않았다는 것이다. 표면에는 불규칙하게 배열된 기호와 문양들이 얇게 음각되어 있었고, 일부는 빛과 함께 미세하게 움직이는 듯 보였다. 그 문 앞의 해저 바닥은 부드러운 모래가 아닌 단단한 암석층으로 덮여 있었는데, 마치 수많은 발걸음이 닳아 만든 광택처럼 반들거리고 있었다. 한 잠수원은 그 앞에서 강한 현기증과 두근거림을 느꼈다고 보고했으며, 몇 분 동안은 물속의 방향 감각을 완전히 잃었다고 한다.

조사팀은 문을 열 수 있는 방법을 찾기 위해 표면의 문양을 촬영하고 분석하기 시작했다. 그러나 카메라로 촬영한 영상에는 이상한 간섭 현상이 나타나 초점이 흐릿해지고, 어떤 각도에서는 문 전체가 사라진 것처럼 보였다. 더욱 기묘한 것은 일부 영상에서만 보이는 형체였다. 그것은 사람과 비슷한 실루엣이었지만 길게 뻗은 팔과 다리, 그리고 얼굴이 없는 매끈한 머리 형태를 하고 있었다. 형체는 문 근처를 서성이다가 마치 촬영자의 존재를 인식한 듯 렌즈를 향해 고개를 돌렸고, 바로 그 순간 모든 전자 장비가 몇 초간 꺼졌다. 다시 전원이 복구되었을 때 형체는 사라지고, 문은 여전히 그 자리에서 고요히 빛나고 있었다. 잠수원들은 이후에도 반복적으로 같은 실루엣을 목격했으며, 그 존재는 항상 문 가까이에만 나타났다.

그 지역 어부들 사이에는 오래전부터 전해 내려오는 이야기가 있었다. 깊은 바닷속에는 '누구도 열 수 없는 문'이 있으며, 그 문 뒤에는 오래전 가라앉은 도시가 있다고 했다. 전설에 따르면 그 도시는 한때 번영을 누렸지만, 바다의 신을 분노하게 해 순식간에 바닷속으로 가라앉았다고 한다. 생존자들은 단 한 명도 없었고, 그 이후 그 도시의 입구를 지키는 문이 세워졌다는 것이다.

흥미로운 점은, 이 전설이 다른 해안 지역에서도 거의 비슷한 형태로 존재한다는 것이다. 지중해 연안, 남태평양의 산호 해역, 심지어 북유럽의 피오르드 근처에서도 '바닷속 빛나는 문'에 대한 구전이 발견된다. 이는 단순히 한 지역의 신화가 아니라, 전 세계적으로 공유된 기억일 가능성을 시사한다.

탐사팀은 이 문의 기원을 밝히기 위해 여러 나라의 고고학자와 언어학자를 초빙했다. 표면의 기호는 기존에 알려진 어떤 문명에서도 발견되지 않은 형태였고, 일부는 별자리 배치와 유사한 패턴을 이루고 있었다. 언어학자들은 이를 고대 항해 지도나 천문 관측 장치와 연관지으려 했지만, 완벽히 일치하는 사례는 찾지 못했다. 물리학자들은 발광 현상이 특정 주파수의 전자기파와 관련이 있을 수 있다고 **추측했**으나, 그 에너지의 발생 원인을 설명하기는 어려웠다. 또한 문 주변의 수심과 수온 변화, 그리고 강한 자기장 변동은 단순한 자연 현상으로 보기 어려운 수준이었다. 특히 자기장 변화는 탐사 장비의 나침반을 완전히 무력화시켰고, 심지어 잠수원들의 방향 감각에도 영향을 주는 듯했다.

시간이 흐르면서 동굴과 문의 존재는 일부 사람들에게는 경외의 대상이 되었고, 일부에게는 위험의 경고로 여겨졌다. 몇 차례의 시도 끝에 탐사팀은 문의 표면에 물리적 접촉을 시도했지만, 손끝이 닿는 순간 미세한 전류 같은 감각과 함께 강한 빛이 번쩍이며 모두를 뒤로 밀어냈다. 그 순간 물속의 온도가 급격히 상승했고, 주위 물고기들이 일제히 흩어지며 사라졌다. 이후 문의 표면은 다시 평온하게 빛나기 시작했지만, 접촉 시 느꼈던 압도적인 힘은 사람들에게 깊은 인상을 남겼다. 한 잠수원은 그 순간 머릿속에 '아직 때가 아니다'라는 문장이 떠올랐다고 했는데, 그는 그 말이 자신이 만든 상상이 아니라 누군가가 직접 전한 메시지 같았다고 말했다.

이후로도 탐사는 계속되었지만, 문의 비밀은 풀리지 않았다. 다만 한 가지 확실한 것은, 그 문이 단순한 구조물이 아니라는 점이었다. 그것은 마치 누군가의 의지와 목적을 가지고 존재하는 듯했고, 외부의 접근을 허락하지 않으면서도 호기심을 불러일으켰다. 문의 주변에서 수집된 미세 입자들은 지구상에서 발견된 적 없는 합금 성분을 포함하고 있었으며, 일부는 심해의 압력과 온도에서도 변형되지 않는 특성을 보였다. 과학자들은 이 재료가 인공적으로 만들어졌을 가능성이 매우 높다고 결론지었지만, 이를 제작한 주체가 누구인지에 대해서는 여전히 의견이 분분했다.

어쩌면 그 문은 과거의 잔재이자 미래의 열쇠일지도 모른다. 그것은 단순히 해저 동굴 속의 신비로운 유물에 그치지 않고, 인류가 아직 알지 못하는 어떤 문명의 흔적일 수 있다. 그 문을 열 수 있는 순간이 온다면, 우리는 바다 속에 잠든 역사를 마주하게 될지도 모른다. 하지만 그날이 언제일지는, 그리고 그것이 축복이 될지 재앙이 될지는 아무도 알 수 없다. 지금도 그 문은 깊고 어두운 바닷속에서, 마치 우리를 시험하듯 고요하게 빛을 발하며 다음 누군가의 발걸음을 기다리고 있다.

② 바다 한가운데 나타난 섬

 새벽 안개가 수평선에 걸려 있던 날, 등대지기가 레이더에 생긴 둥근 공백을 처음 봤고 그 공백의 한가운데에서 맨눈으로는 보이지 않던 윤곽이 서서히 모여들더니 해도에는 표시되지 않은 섬이 수면 위로 떠올랐다. 파도는 그 경계에서 이상하게 꺾여 나가고, 물살은 섬을 향해 흐르는 대신 얇은 유리판을 스친 것처럼 옆으로 미끄러지며 외해로 돌아갔다. 상공을 돌던 바다새들은 일정한 고도 아래로 내려오지 않았고, 가까이 접근한 순간 날개를 접은 채 급히 방향을 틀었다. 무전기에는 바람의 잡음과는 다른 낮은 맥동음이 배경처럼 깔렸고, 그 박동은 아홉 번을 묶음으로 길이를 바꾸며 사람의 심장 박동을 슬그머니 따라잡았다. 그렇게 아무 지도에도 없던 섬은, 마치 누군가가 투명한 필름을 끌어당겨 현실 위에 붙인 것처럼 그곳에 있었다.

구명정을 내려 경계를 넘으려 하자 프로펠러는 갑자기 물을 잃은 것처럼 헛돌았고, 나침반 바늘은 북이 아니라 원의 접선을 따라 조용히 회전했다. 검은색의 매끈한 띠가 파도를 단칼에 잘라냈고, 손을 대면 물이 아닌 두꺼운 표면 장력이 손가락을 가볍게 밀어내며 잠깐 찌릿한 전류를 남겼다. 띠를 넘어선 안쪽 수면은 거울처럼 잔잔했고, 소리의 여운이 한 박 늦게 되돌아와 말을 끝내기도 전에 답을 전하는 이상한 회답을 만들었다. 발을 디딘 모래는 흙이 아니라 통일된 직경의 미세한 유리 구슬처럼 굴러다녔고, 발자국은 남는 대신 일시적으로 희미한 무지개 테를 만들었다가 서서히 지워졌다. 그때부터 시간은 안과 밖에서 서로 다른 속도로 흘렀고, 손목시계는 9분 간격으로 어긋나기 시작했다.

섬의 가장자리엔 바람이 닿지 않았고, 안쪽으로 들어갈수록 바다는 육각 타일이 맞물린 것처럼 정교한 모자이크를 드러냈다. 해송처럼 보이는 나무들은 잎을 위아래가 아닌 사방으로 펼쳤고, 빛을 받으면 잎맥을 따라 얇은 전류가 흐르듯 은빛 점화가 퍼졌다. 중심부에는 얕은 웅덩이가 있었는데 한낮의 태양 아래에서도 별자리가 반사되어 떠 있었고, 손으로 물결을 만들면 하늘의 별이 아니라 물속의 별이 먼저 흔들렸다. 말을 크게 하면 울림이 먼저 돌아와 입술을 막았고, 속삭이면 멀리서 누군가가 반복하여 말해주는 듯 똑같은 음절이 해변의 바람을 타고 들려왔다. 그 모든 현상은 설명을 거부하는 대신, 마치 섬이 방문자들의 행동을 즉석에서 기록하고 조정하는 살아 있는 장치처럼 느껴지게 했다.

우리 일행이 남쪽 사면을 타고 오르자 조개껍데기를 켜켜이 붙여 만든 듯한 나선형 구조물이 나타났고, 그 위에는 물고기의 비늘 같지만 글자의 리듬을 가진 미세한 홈들이 엮여 있었다. 홈 사이 간격을 재면 밀물과 썰물의 주기와 딱 맞아떨어졌고, 특정 지점들은 하지와 동지의 일출 방향과 정확히 포개졌다. 홈을 손끝으로 더듬으면 바닷속에서 들려오는 합창 같은 음이 머리뼈 안쪽에서 길게 이어졌고, 귀로 듣지 못한 음정이 발바닥으로 번역되어 모래 위 걸음의 간격을 조금씩 바꾸었다. 그 나선의 중심에는 손톱만 한 금속 파편이 박혀 있었는데, 빛을 비추면 지상의 방향이 아니라 수면 아래의 경로를 가리키는 얇은 화살표를 만들었다. 누군가는 이것을 고대의 등대라고 불렀지만, 더 많은 이들은 섬 자체가 거대한 악보이며 바다의 노래를 연주하는 악기라고 확신했다.

해가 기울 무렵 경계의 푸른 테가 한층 진해졌고, 섬의 윤곽은 마치 촬영 현장에서 포커스를 바꿀 때처럼 한 찰나 더 선명해졌다. 그 순간 얕은 바다 속 모래가 타원형으로 접히며 거대한 눈동자 같은 그림자를 만들었고, 중심부의 '동공'에 해당하는 지점에서 미세한 기포가 일정한 간격으로 올라왔다. 기포가 터질 때마다 하늘의 별 하나가 잠깐 어두워졌다가 다시 제자리로 돌아갔고, 우리 손에 쥔 장비들의 화면엔 동일한 간격의 프레임 누락이 기록되었다. 섬은 바라보고 있었고, 그 시선은 위가 아니라 아래에서 올라오는 것처럼 느껴졌다. 우리는 서로 눈을 마주치지 못한 채, 발밑을 흐르는 아주 낮은 윙음을 따라 무심코 호흡을 3/4박자로 맞추었다.

기록을 남기려 드론을 띄우면 원의 경계에서 자이로가 갑자기 영점을 잃고, 내부를 비추는 프레임은 언제나 바로 앞과 바로 뒤만 저장된 채 가운데 장면이 비어 있었다. 채취한 모래는 배 위에서 은빛 가루로 바뀌며 유리처럼 깜박였고, 측정값들은 기기마다 9분 9초씩 어긋나 재현성을 거부했다. 그날 밤 텐트에 누웠을 때 우리는 똑같은 꿈을 꾸었다고 서로 말했는데, 꿈속에서 섬은 원이 아니라 문이었고, 문턱은 바다와 하늘이 교차하는 얇은 표면에 매달려 있었다. 꿈에서 깨어난 뒤 한참을 지나서야 우리는 서로 다른 말로 같은 문장을 반복한다는 사실을 깨달았고, 무엇인가가 우리 머릿속에 "지금은 아니다"라는 잔향을 심어놓았다는 데 조용히 동의했다. 이 섬은 허락의 순간을 기다리는 눈처럼 한 번도 깜빡이지 않았고, 대신 주변의 모든 박자를 조금씩 자기에 맞춰 조정했다.

새벽이 오자 섬은 마치 처음부터 없었던 것처럼 사라졌고, 경계의 푸른 테는 마지막으로 한 번 길게 숨을 내쉰 뒤 수평선 속으로 등불처럼 꺼졌다. 해도에는 다시 공백이 돌아왔고, 레이더의 둥근 결손은 아무 일도 없었다는 듯 매끈하게 메워졌다. 그러나 항구로 돌아온 우리들의 몸 안에는 또렷한 변화가 남아 있었고, 발걸음은 세 박자마다 한 번씩 길어졌으며 바닷바람의 냄새 속에서 유리와 금속이 번갈아 스치는 미세한 향을 분간할 수 있었다. 그 후로도 안개 낀 새벽이면 같은 좌표에서 원이 잠깐 떠올랐다 사라졌고, 그때마다 도시의 가로등은 설명할 수 없는 타이밍으로 세 번, 네 번, 다시 세 번 깜빡였다. 우리는 안다. 그 섬은 한 장소가 아니라 한 상태이며, 바다는 때때로 그 상태를 우리에게 허락해 문턱의 감촉만 보여준다는 것을. 그리고 언젠가, 아홉 번째 맥동이 끝나는 순간, 원은 한 겹 더 가까이 다가와 스스로를 완전히 읽히게 할 것이라는 것을.

03
잠수부가 본 빛의 그림자

 깊고 푸른 바다 속은 항상 고요하지만, 그 날의 수심 40미터 지점은 평소와는 다른 기운이 감돌았다. 잠수부는 천천히 하강하며 압력 게이지를 확인했고, 탱크 속 산소가 충분하다는 것을 확인한 뒤 손전등을 켰다. 주변은 햇빛이 거의 닿지 않아 잿빛 푸른 어둠에 잠겨 있었고, 그 안에서 먼지처럼 부유하는 미세한 해양 입자들이 천천히 흘렀다. 그때 그의 시야 저 멀리서 아주 희미하게 깜빡이는 빛이 보였다. 처음엔 단순한 반사광이라 생각했지만, 빛은 일정하지 않고 살아있는 것처럼 부드럽게 요동쳤다. 물살이 변할 때마다 길게 뻗기도 하고, 한 점으로 응축되었다가 다시 퍼져나갔다. 잠수부는 심장이 조금씩 빨라지는 것을 느끼며 그 빛을 향해 천천히 다가갔다.

 거리가 좁혀질수록 빛은 더 선명해졌고, 그 색깔이 단순한 흰

빛이 아니라 은색과 청록, 그리고 설명하기 어려운 무지갯빛의 결을 띤다는 것을 알아차렸다. 마치 금속 표면에 빛이 반사되는 듯하면서도 동시에 살아있는 생물처럼 내부에서 발광하는 느낌이었다. 그는 조심스럽게 카메라를 꺼내 촬영 버튼을 눌렀다. 순간, 빛이 갑자기 길게 뻗어 나와 그의 헬멧을 스치듯 지나갔다. 물리적인 접촉은 없었지만, 이마 한가운데가 차갑게 식는 듯한 감각이 느껴졌다. 동시에 귓속 깊은 곳에서 알 수 없는 저음이 울렸다. 그것은 목소리가 아니라 파도처럼 이어지는 진동이었고, 단어로 끊기지 않은 채 그의 머릿속을 가득 채웠다.

그 순간 잠수부는 자신이 단순히 빛을 보고 있는 것이 아니라, 빛과 일종의 교감을 하고 있다는 생각이 들었다. 그 감각은 설명하기 힘들었고, 마치 누군가가 언어 대신 직접 의식을 건드리는 듯한 느낌이었다. 그러나 그 감각이 주는 호기심과 달리, 그의 몸 어딘가에서는 분명한 경고가 울리고 있었다. 더 깊이 다가가면 안 된다는 직감이었지만, 발은 이미 빛이 향하는 쪽으로 움직이고 있었다. 빛은 잠수부를 이끌듯 앞서 나아갔고, 곧 거대한 해저 동굴 입구가 모습을 드러냈다. 입구 주변의 암벽은 자연적인 침식으로 생긴 것 같았지만, 일부 표면에는 마치 손으로 새긴 듯한 패턴이 어렴풋이 보였다. 그 무늬는 물속에서 빛을 받아 반짝이며 살아 움직이는 것처럼 보였다.

잠수부는 동굴 안으로 들어가기 전에 잠시 멈춰 섰다. 시야 끝에서 어두운 무언가가 스쳐 지나간 듯했기 때문이나. 그는 손전등을 비추었지만, 빛은 물속에 흩어져 금세 사라졌다. 그러나 이내 그 존재가 모습을 드러냈다. 그것은 물고기도, 문어나 상어 같은 해양 생물도 아니었다. 사람과 비슷한 실루엣을 가지고 있었으나, 그 움직임은 물속의 법칙을 따르지 않았다. 두 팔과 두 다리는 물살에 전혀 흔들리지 않고, 마치 다른 차원의 공간에 있는 것처럼 고정되어 있었다. 몸 전체는 빛과 그림자가 번갈아가며 덮였고, 형태가 명확히 보이려 하면 다시 흐릿해졌다. 잠수부는 숨이 막히는 듯한 압박을 느꼈다.

그 존재는 잠수부를 한동안 바라보는 듯한 자세를 취했다. 얼굴에 해당하는 부분은 완전히 매끈했고, 눈이나 입 같은 구체적인 기관이 없었다. 대신 표면 위로 빛의 무늬가 느리게 흘렀다. 그것은 바람에 나부끼는 물결무늬 같기도 하고, 전자 신호가 흐르는 회로처럼 보이기도 했다. 그리고 그 무늬가 변화할 때마다 잠수부의 머릿속에서는 짧은 이미지와 감정이 번쩍였다. 끝없는 수평선, 거대한 해류, 그리고 인간이 알 수 없는 심해의 도시 같은 장면들이 스쳐 지나갔다. 잠수부는 그 순간, 이 존재가 단순한 해양 생물이 아니라 어떤 지성체일 수도 있다는 생각을 했다.

하지만 그 생각이 깊어질수록, 설명할 수 없는 두려움이 함께 밀려왔다. 그는 본능적으로 뒤로 물러서려 했으나, 발이 거의 움직이지 않았다. 마치 보이지 않는 물결이 몸을 감싸 붙잡고 있는 듯했다. 그리고 그 힘이 완전히 그를 끌어당기기 전에, 존재는 빛과 함께 서서히 뒤로 물러났다. 그 몸은 동굴 안쪽 어둠 속으로 흡수되듯 사라졌고, 남은 것은 파도처럼 이는 잔광뿐이었다. 잠수부는 깊은 숨을 몰아쉬며 카메라를 확인했다. 화면에는 희미한 빛의 움직임만 담겨 있었고, 그림자의 모습은 전혀 기록되지 않았다.

수면 위로 돌아온 그는 동료들에게 이 경험을 이야기했지만, 대부분은 산소 부족이나 깊은 수심에서 오는 압박으로 인한 환

각일 것이라 치부했다. 그러나 잠수부는 그날 이후 이상한 변화를 겪었다. 밤마다 물속이 아닌 하얀 공간에서 그 존재와 마주하는 꿈을 꾸었다. 꿈속의 존재는 손을 내밀었지만, 그 손끝이 닿기 전에 잠수부는 늘 뒤로 물러났다. 깨어난 뒤에도 손끝에는 차갑고 미묘한 촉감이 남아 있었고, 그것이 단순한 꿈이 아니라는 직감이 점점 강해졌다. 시간이 지날수록 그는 바다에 나갈 때마다, 수면 아래 어딘가에서 여전히 자신을 지켜보는 시선을 느꼈다. 그리고 그 시선은 점점 가까워지고 있었다.

04
수면 아래 거대한 눈동자

바닷물은 그날 따라 유리처럼 고요했다. 수평선은 칼날처럼 얇았고, 파도는 소리를 삼킨 채 미세한 숨만 쉬고 있었다. 항구에 모여 있던 사람들은 서로 말을 아꼈고, 바람의 방향을 가늠하듯 고개를 들었다. 어민 하나가 전날 밤 들었다는 소문을 꺼냈다. 수면 아래에서 거대한 눈이 떠 있었다는 말이었다.

처음엔 비웃던 이들도 좌표를 듣자 표정이 굳었다. 우리는 작은 배에 장비를 싣고 출항했다. 새들은 머리 위를 맴돌다 일정 지점에서 궤도를 바꿨다. 그 원을 따라가자 바다의 색이 불투명한 청록으로 변하기 시작했다. 표면에는 바람도 없이 동심원 물결이 퍼져나갔다. 나침반 바늘은 이유 없이 남서쪽으로 흔들렸고, 손등의 솜털이 곤두섰다.

좌표에 도착하자 투명 채비를 던졌다. 수온계가 미세한 상승과 하강을 반복했고, 음향 탐지기가 짧고 규칙적인 박동을 기록했다. 아홉 번마다 길이가 바뀌는 이상한 리듬이었다. 아무도 그 숫자의 의미를 입 밖에 내지 않았다. 수면은 여전히 말이 없었다. 대신 물빛이 얇게 접히며 중심을 향해 청색 띠를 만들고 있었다. 그 띠는 숨을 쉬듯 넓어졌다 좁아졌다를 반복했다.

심해 탐사용 카메라를 내리자 모니터에는 어둠과 부유물만 비쳤다. 그러다 은빛 곡선이 화면을 스쳤다. 줌을 당기자 그것은 바위도 지느러미도 아닌 낯선 표면이었다. 비늘이나 털은 없고, 광택을 띤 타일 같은 조직이 촘촘히 이어져 있었다. 타일 경계마다 미세한 빛점이 번쩍였고, 서로를 향해 이동하며 패턴을 만들었다. 패턴은 하나의 링으로 모였다.

링이 커질수록 모니터 속 세계는 방향을 잃었다. 화면 밖에서도 바다가 몸을 틀어 우리를 바라보는 듯한 기분이 들었다. 카메라를 더 내리자 링 내부는 어두운 원으로 굳어졌다. 그것은 눈동자의 가장자리와 닮아 있었다. 누구도 '눈'이라고 말하지 않았지만 모두 알고 있었다. 중앙은 햇빛이 닿지 않아 까맣게 잠겨 있었다. 그러나 그 어둠은 단순한 공허가 아니었다.

때때로 별빛 같은 점들이 안쪽에서 반짝였다. 가라앉았다가 다시 떠올랐다. 동료 한 명이 농담처럼 말했다.

"저 안은 하늘이 거꾸로 빠져 있는 것 같다."

그러나 그 말은 농담이 아니었다. 화면에는 분명 수면 위 구름이 반대로 흐르는 모습이 비쳤다. 배와 우리의 어깨가 축소되어 중앙으로 말려 들어갔다. 그 뒤로 검은 원의 호흡은 더 천천히 규칙을 세웠다.

그 순간 머릿속에 누군가의 시선이 스며드는 듯한 기분이 들었다. 등줄기는 얼음처럼 차가워졌다. 눈은 모니터에 있었지만 바람 냄새가 변했다. 혀끝에는 오래된 금속 맛이 맴돌았다. 귓속이 아닌 두개골 안쪽에서 자장가 같은 소리가 들렸다. 서로를 보았지만 아무도 입술을 움직이지 않았다. 이상하게도 모두 같은 멜로디를 기억하는 표정이었다.

카메라의 마이크는 아무 소리도 잡지 못했다. 심장 박동계는 우리의 맥박이 한 박자씩 늦어지는 것을 보여주었다. 링의 팽창과 수축에 맞춰 박동이 조율됐다. 배는 표류했고, 엔진은 공회전에서 벗어나지 않았다. 배의 그림자는 사라지고 링의 그림자만 나타났다 사라졌다를 반복했다. 그림자가 지나갈 때마다 수면은 유리처럼 딱딱해졌다. 바다새는 그 위에 내려앉지 못했다.

닻을 내렸지만 닻줄은 일정 깊이에서 갑자기 가벼워졌다. 잠수부가 물속으로 들어갔다. 표층 수온은 따뜻했지만, 더 아래는 급격히 차가웠다. 손전등 빛은 퍼지지 않고 얇게 접혀 중심으로 빨려들었다. 잠수부는 카메라를 따라가다 멈췄다. 그 이유는 모니터에 나타났다. 눈동자의 외곽에서 자잘한 실오라기가 솟아올랐다.

그 실오라기는 말로 표현할 수 없는 색을 띠고 흔들렸다. 잠수부가 손을 뻗자 불꽃처럼 번쩍이며 사라졌다. 검은 원은 천천히 닫혔다가 열렸다. 닫히는 순간 심해 바닥에서 퇴적물이 솟아올랐다. 그것은 라틴 문자도, 한글도 아닌 기호를 그렸다. 우리는 그것을 촬영하려 했지만 저장되지 않았다.

화면에는 불규칙한 빗금이 지나갔다. 소리 없는 섬광이 배를 하얗게 비추고 사라졌다. 파라솔이 부러지듯 접혔다 다시 펴졌다. 시계 분침이 뒤로 두 칸 밀렸다가 앞으로 세 칸 뛰었다. 나침반 바늘은 동쪽을 돌던 길을 멈췄다. 보이지 않는 심장에 붙들린 듯 떨었다.

모니터는 꺼졌다 켜졌다. 다시 들어온 화면에는 믿을 수 없는 프레임이 있었다. 검은 원 한가운데 우리 배가 비쳤다. 우리가 모니터를 들여다보는 모습이 보였다. 그 뒤에는 또 다른 우리가 서 있었고, 뒤로는 끝없이 줄어드는 행렬이 있었다. 모두 중앙으로 걸어 들어가 점이 되어 사라졌다.

물안개가 올라왔다. 안개는 바람과 다르게 눈의 호흡을 따라 움직였다. 배 틈마다 작은 빛 구슬이 맺혔다. 그것들은 별자리를 만들었다. 그 모양은 전날 밤하늘과 같았다. 그때 선실에서 나온 소년이 갑판에 엎드려 원을 그렸다. 중심에 점을 찍고 링을 완성했다. 비율은 완벽했다.

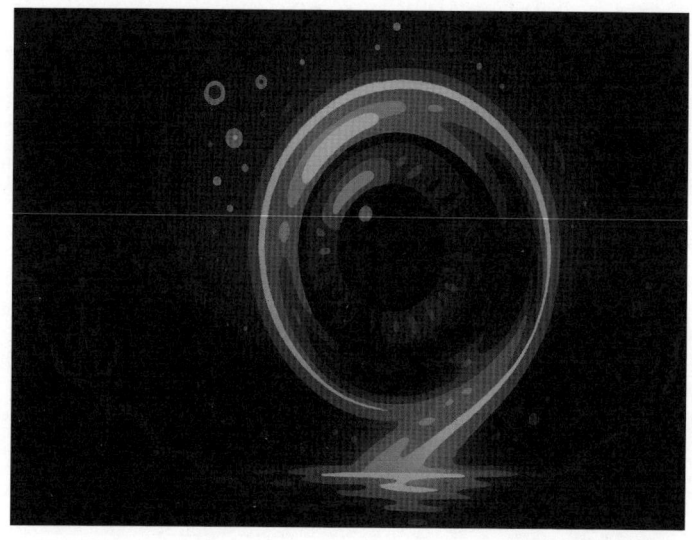

우리는 누가 가르쳤는지 묻지 못했다. 입은 열렸지만 소리가 나오지 않았다. 바다는 완벽히 평평했다. 물결 하나조차 없었다. 그때 눈꺼풀처럼 링의 가장자리가 내려앉았다. 배는 살짝 아래로 끌려갔다. 밀물도 썰물도 아닌 네 번째 물살이 스쳤다.

잠수부는 급히 상승했다. 물 밖으로 나온 그는 "보고 있다"라고 말했다. 그 말은 경고도 명령도 아니었다. 링은 빠르게 줄어들었다. 표면의 거품이 금속 가루처럼 반짝이다 사라졌다. 남은 것은 손바닥만 한 투명 구슬 하나였다. 구슬 속에는 축소된 수평선이 돌아가고 있었다.

우리는 구슬을 병에 담아 돌아왔다. 밤마다 구슬은 미세한 박동을 하며 빛을 바꿨다. 귀에 가까이 대면 아무 소리도 없었지만, 머릿속에서는 물결이 튀었다. 그 위로 검은 원이 멀리서 한 번 열리고 닫혔다. 누군가는 그것을 생명체의 눈이라 했다. 또 다른 누군가는 문이라고 말했다.

어느 쪽이든 우리는 관찰자이자 피관찰자가 되었다. 그걸 깨닫는 순간부터 바다는 더 이상 답하지 않았다. 대신 아홉 묶음의 박동만 보냈다. 별은 같은 자리에 있었지만 마음속 좌표는 한 칸씩 밀려났다. 그리고 우리는 언젠가 그 눈이 다시 완전히 열릴 날을 기다리게 되었다.

05
파도 속에서 울린 낯선 노래

한여름 밤, 고요한 바다 위에 달빛이 길게 드리워지고 있었다. 바람조차 멈춘 듯 수면은 거울처럼 잔잔했고, 파도는 아주 천천히 해안으로 밀려와 모래를 부드럽게 적셨다. 그런데 그 정적을 깨뜨린 것은 다름 아닌, 바다 한가운데서 들려온 낯선 노래였다. 그 소리는 처음에는 아주 희미해서 마치 멀리서 불러오는 사람의 음성 같았지만, 곧 점점 더 또렷하고 깊게 울려왔다. 그것은 분명히 사람의 목소리와 비슷했으나, 인간의 성대가 낼 수 있는 범위를 넘어선 듯 낮고 높은 음이 동시에 울려 퍼졌다. 노래의 리듬은 규칙적이지 않았고, 때로는 파도의 출렁임에 맞춰 부드럽게 이어졌다가, 이내 심장을 덮치는 강렬한 파동으로 바뀌곤 했다. 그 순간, 해안가에 서 있던 사람들은 서로를 바라보며 눈을 크게 떴다. 누구도 그것이 어디서 오는지 알지 못했고, 어떤 이들은 바닷속 깊은 곳에서 울려 나오는 것이라고 주장했다.

노래는 마치 바다 자체가 호흡하는 것처럼 느껴졌다. 한 음 한 음이 바닷물의 울림과 함께 밀려왔고, 그 속에는 설명할 수 없는 기묘한 감정이 담겨 있었다. 그것은 동시에 슬픔과 기쁨, 두려움과 그리움을 불러일으켰다. 한 어부는 그 소리를 듣는 순간, 오래전에 바다에서 잃은 동생의 얼굴이 떠올랐다고 말했다. 또 다른 사람은 자신이 한 번도 본 적 없는 푸른 빛의 도시를 꿈속처럼 보았다고 했다. 이 노래를 들은 사람들은 모두 제각기 다른 비밀스러운 환상을 경험했지만, 공통점은 그 소리가 자신을 바다로 끌어당기고 있다는 것이었다. 발걸음을 떼어낼 수 없는 듯 해안 가까이로 다가가다 보면, 발목을 스치는 바닷물이 평소보다 따뜻하게 느껴졌다. 그 온기는 마치 살아 있는 무언가가 자신을 맞이하러 나오는 듯한 감각을 주었다.

시간이 흐를수록 그 노래는 더욱 강렬해졌다. 바닷속에서 올라오는 듯한 깊은 울림이 가슴 속 뼈마디까지 스며들었고, 사람들은 심장 박동이 노래의 리듬과 맞춰지는 것을 느꼈다. 한 소녀는 눈을 감고 노래를 따라 부르기 시작했는데, 그녀의 목소리가 바다의 음색과 완벽하게 어우러졌다. 마을 사람들은 놀라움과 두려움에 휩싸였고, 그녀를 말리려 했지만 이상하게도 몸이 움직이지 않았다. 그 순간, 파도 속에서 희미한 빛이 번쩍이며 무언가의 형체가 나타났다. 그것은 사람과 비슷한 모습이었지만, 피부는 바다 속 산호처럼 빛났고 눈은 별빛처럼 반짝였다. 그 존재는 노래를 멈추지 않은 채 해안 가까이 다가왔다가, 다시 파도 속으로 사라졌다.

그 후에도 노래는 멈추지 않았다. 그러나 그 소리를 들을 수 있는 사람은 점점 줄어들었다. 저음에는 마을 전체가 그 울림을 들었지만, 며칠이 지나자 오직 몇몇 사람만이 여전히 그 노래를 느낄 수 있었다. 이상한 것은, 그 노래를 계속 듣는 이들은 모두 바다에 대한 강한 집착을 보이기 시작했다. 그들은 하루에도 몇 번씩 해안가에 나가 바다를 바라보았고, 심지어는 파도가 거센 날에도 작은 배를 타고 먼바다로 나갔다. 어떤 이는 한밤중에 홀로 바다로 걸어 들어가 사라지기도 했다. 마을 사람들은 이를 두고 '바다의 부름'이라고 불렀다.

이후 한 노인이 오래된 이야기를 꺼냈다. 그의 할아버지가 젊었을 때, 이 마을 앞바다에서 유사한 노래가 들렸다고 한다. 그 당시에도 몇몇이 바다에 들어가 돌아오지 않았고, 해안에는 알 수 없는 문양이 새겨진 조개껍데기가 가득 밀려왔다. 그는 그 조개껍데기를 보관하고 있었는데, 그것에는 지금으로서는 해독할 수 없는 상징과 곡선이 빽빽하게 새겨져 있었다. 노인의 말에 따르면, 이 무늬는 파도의 흐름과 바람의 방향을 기록한 것이자, 바닷속 어딘가로 향하는 길을 알려주는 지도일 수 있다고 했다.

노래가 들리기 시작한 지 열흘째 되던 날, 해안에서 또 다른 변화가 일어났다. 바닷물이 평소보다 훨씬 투명해졌고, 멀리 수평선 아래에서 거대한 그림자가 서서히 움직이는 것이 보였다.

그것은 마치 거대한 고래처럼 보였지만, 등 위에 날개처럼 펼쳐진 구조물이 있었다. 그림자는 해안에 가까워질수록 노래의 울림이 더욱 강해졌고, 마을 사람들 중 일부는 귀를 막고 쓰러졌다. 그러나 다른 일부는 오히려 기쁨에 찬 듯 바다를 향해 달려갔다. 그들은 파도 속으로 들어가 그림자를 향해 손을 뻗었고, 잠시 후 물속에서 사라졌다.

그날 이후, 노래는 더 이상 들리지 않았다. 해안에는 사라진 사람들의 흔적만이 남았고, 바다 위에는 짙은 안개가 몇 날 며칠 동안 머물렀다. 그러나 이 모든 것이 끝난 것은 아니었다. 몇 달 뒤, 한 어부가 먼바다에서 그 노래를 다시 들었다고 주장했다. 그는 깊은 바다 속에서 빛나는 문이 열리고, 그 안에서 사라진 사람들의 모습이 보였다고 말했다. 그들은 여전히 노래를 부르고 있었으며, 눈빛에는 두려움이 아닌 평온함이 깃들어 있었다. 마을 사람들은 그 이야기를 믿지 않는 척했지만, 밤마다 몰래 바다를 바라보며 귀를 기울였다. 그리고 아주 가끔, 파도 속에서 들려오는 그 낯선 노래가 다시 그들의 심장을 울렸다.

⑥
심해에서 들려온 심장 박동

첫 번째 신호는 한밤중, 바람조차 멈춘 조용한 바다에서 들려왔다. 연구선의 수중 마이크가 파도 소리를 지우고 깊은 바다의 숨소리를 잡아내던 중, 규칙적인 '쿵쿵' 소리가 파형 속에 떠올랐다. 이상하게도 그 소리는 그냥 기계음이나 동물 소리가 아니라, 마치 살아 있는 존재가 호흡하듯 세 번, 네 번, 다시 세 번을 반복했다. 이어폰으로 듣기 전, 가슴부터 울리는 그 소리에 모두 숨을 죽였다. 그 순간부터 이 소리가 고래인지, 심해의 지형에서 울리는 메아리인지, 아니면 우리가 알 수 없는 무언가인지 결정하지 못한 채, 좌표를 고정하고 박자의 길이를 재기 시작했다.

새벽이 가까워지자 소리는 점점 또렷해졌다. 배가 깊은 심해구 근처에 다다르자, 그 울림은 금속과 물이 부딪히는 듯한 묘한 울림으로 변했다. 파도 위로 둥근 구름이 고리를 만들었고, 번개도 없는 밤하늘에서 청록빛 섬광이 스쳐 지나갔다. 배의 나침반은 잠시 방향을 잃고 엉뚱한 곳을 가리켰지만, 그 심장 박동 같은 리듬만은 절대 흐트러지지 않았다. 그 소리는 마치 우리가 호흡하는 속도마저 맞추려는 듯 일정하고 부드럽게 이어졌다.

우리는 소리의 출처를 찾기 위해 해저 청음 장비를 끌고 삼각 측량을 시작했다. 파형 지도는 중심부로 갈수록 이상하게도 얇아졌고, 그 한가운데에선 바다가 거울처럼 고요했다. 심지어 플랑크톤들이 박자에 맞춰 번쩍이며 동심원을 그렸다. 멀리서 고래 무리도 한 박자 늦게 화답하듯 울음을 보냈다. 그런데 이상하게도, 소나 화면엔 무언가 있어야 할 자리가 빈 원으로 표시됐다. 그 원의 크기와 움직임은 소리의 주기와 정확히 일치했다. 마치 보이지 않는 심장이 바다 위로 자기 박동을 새기고 있는 듯했다.

우리는 원격 잠수정을 내려 더 가까이 다가갔다. 수심이 깊어질수록 카메라 화면은 멀쩡한데, 중간중간 영상이 비어 보였다. 잠수정의 조종봉은 눈에 보이지 않는 벽에 부딪히듯 갑자기 멈췄다. 바닥을 살짝 건드리자 은빛 가루가 흩날렸고, 바닷물 속에서 유리처럼 반짝였다. 가루가 가라앉자 모래 대신 육각형 무늬가 맞물린 바닥이 드러났다. 그 순간, 잠수정의 마이크에 두꺼운 문이 닫히는 듯한 낮고 깊은 소리가 걸렸다. 그 마지막 울림은 세 번째 박자에서 살짝 길어져, 우리의 숨까지 붙잡는 듯했다.

우리는 장비로 역박자를 만들어 보내 보았다. 같은 세기, 반대 위상의 소리를 심해로 흘려보내자 바다 위의 동심원 파문이 잠시 멈췄다. 고래들은 방향을 바꿨고, 배의 금속 난간 떨림도 멎었다. 하지만 이내 더 깊고 무거운 울림이 되돌아왔다. 그 직후, 배 밑바닥에서 '쿵' 하는 둔탁한 노크가 아홉 번 울렸다. 스피커에선 두 소리가 겹쳐 이상한 간섭무늬가 생겼고, 아주 잠깐의 무음이 지나갔다. 그리고 그 순간, 심장 박동은 한 걸음 더 우리 쪽으로 다가온 듯 가슴이 철렁했다.

밤이 완전히 내려오자, 소리는 빛으로 변했다. 해면 근처의 물이 박자에 맞춰 청록빛으로 반짝였고, 레이더 화면에는 공백의 원이 아홉 겹 겹쳐 나타났다. 배의 항해등도 명령 없이 같은 박자에 맞춰 깜박였다. 바람은 소리의 쉼표마다 방향을 바꿨다. 누군가는 배와 함께 심장이 끌려가는 기분을 느꼈고, 누군가는 바다 속에서 배 그림자가 거꾸로 올라와 발 밑에 겹쳐지는 장면을 봤다고 말했다.

새벽 직전 마지막 순간, 박동은 한 치의 오차도 없이 아홉 묶음을 끝냈다. 바다 위의 공백 원은 한 호흡만큼 수축했다 풀렸고, 배 아래로 미세한 기포들이 줄지어 올라왔다. 수면은 한층 얇아져, 마치 금속판처럼 울림을 반사했다. 장비들의 시계는 각자 다른 시간을 가리켰지만, 모두 '3', '0', '2'라는 숫자를 공통으로 보여줬다. 그제야 깨달았다. 이것은 동물의 울음도, 기계음도 아니었다. 그곳은 '장소' 자체가 살아서 내는 박동이었다. 우리가 다가설수록 우리를 측정하고, 호흡을 맞추며, 마침내 우리 심장까지 자기 리듬에 끌어들이려는, 오래전부터 잠들어 있던 거대한 존재였다.

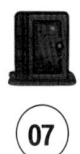

07
사라진 난파선의 마지막 항로

 그 난파선의 존재는 오래전 바다를 지나는 어부들의 입에서 전해졌지만 정식 항해 기록에는 단 한 줄도 남아 있지 않았고, 그나마 남은 단서는 해안 경비대의 오래된 보고서 한 장뿐이었다. 거기엔 폭풍이 오기 직전 마지막으로 받은 무선 좌표와 "선체에 물이 찬다"는 짧은 음성이 기록돼 있었으나, 구조선이 도착했을 땐 이미 모든 것이 사라지고 바다엔 기름 냄새와 부서진 목재 파편만이 부유하고 있었으며, 파편의 양으로는 배 전체의 부피에 한참 못 미쳤기에 어부들은 배가 침몰한 것이 아니라 어디론가 '사라졌다'고 말했다. 누군가는 깊은 해류가 배를 통째로 삼켰다고 했고, 또 누군가는 바다 아래 다른 길이 있어 거기로 빨려 들어갔다고 속삭였다.

 수년 뒤 해양탐사팀이 같은 해역을 통과하던 중, 깊이 200미터 부근에서 이상한 금속 반사를 감지했다. 그 반사는 배의 길이와 비슷했으나 표면이 지나치게 매끄러워 녹이 슬지 않은 듯 보였고, 마치 새로운 금속막이 덮인 것처럼 균일한 패턴을 띠고 있었다. 잠수정을 투입하자 소나 화면에 희미하게 선체 윤곽이 드러났는데, 문제는 그 형체가 마지막 보고에 나온 난파선의 크기보다 훨씬 길었다는 것이었다. 해저에선 조류가 거의 느껴지지 않았지만, 잠수정의 외부 센서는 주기적으로 미세한 진동을 감지했고, 그것은 마치 엔진이 꺼진 채 잔열만 남아 있는 기계 심장처럼 묘한 리듬을 품고 있었다.

탐사팀이 접근하자 잠수정의 전조등이 해체된 갑판 일부를 비췄고, 그곳엔 금속성 표면 위에 낯선 문양이 빼곡히 새겨져 있었다. 그 문양은 선체 제작국의 조선소에서 사용하던 어떤 도면 기호와도 일치하지 않았으며, 오히려 고대 선각문자와 비슷한 곡선과 점의 배열을 이루고 있었다. 잠수정이 문양에 카메라를 가까이 대자 갑자기 영상신호가 깨지고 모니터는 몇 초간 회색 화면으로 변했으며, 이어 복구된 화면 속에선 배 표면이 이전보다 더 멀리 물러난 듯한 착시가 생겼다. 조종사는 거리계가 순간적으로 0에서 30미터를 오가며 오작동을 일으켰다고 보고했고, 그 사이 배 표면은 살아있는 생물처럼 미세하게 출렁거렸다.

기록을 대조하던 중, 난파 직전 배가 보낸 마지막 항로가 기존 지도와 맞지 않는다는 사실이 드러났다. 그것은 마치 대양 한 가운데를 가로질러 직선으로 이어지는 길이었고, 중간에 암초도 없고 해류도 무시한 채 단번에 통과할 수 있는 궤적이었다. 더욱 이상한 건 그 궤적의 종착점이 현재 난파선이 발견된 좌표와 정확히 일치한다는 점이었다. 그러나 지도 위에 표시하면 이 궤적은 인간이 접근하지 않는 깊은 해저 협곡 위를 지나는 '공중항로'와도 같은 형태를 보였고, 항해 전문가조차 "이건 바다 위의 길이 아니라 바다 속의 길"이라고 말했다. 일부는 선장이 뭔가를 쫓아가고 있었거나, 또는 그 길이 이미 정해져 있었을 거라 추측했다.

더 깊은 조사를 위해 잠수부가 직접 투입되었지만, 선체에 손을 댄 순간 두꺼운 장갑 너머로 차가운 금속이 아닌 묘한 탄성이 전해졌고, 그 촉감은 고래 피부와 철판 사이 어딘가에 위치한 질감이었다. 잠수부는 그 부위를 누르자 안쪽에서 낮은 공명음이 울렸고, 순간 그의 호흡기 압력이 변화하며 귀가 먹먹해졌다. 이어 배 내부로 이어지는 듯한 좁은 틈이 나타났는데, 그 틈에서는 해류와 무관하게 따뜻한 물이 새어나오고 있었다. 카메라로 비추면 틈 안쪽은 완전히 어둡고, 빛이 닿는 경계에서만 수면 위의 공기처럼 반짝임이 번졌다. 이 현상은 마치 배가 무언가를 품고 아직도 그 안에서 작동하고 있는 것처럼 보였다.

회수한 선체 표면 샘플을 분석한 결과, 그것은 기존 합금과 일치하지 않았고 바닷물에 장기간 노출되어도 부식되지 않는 성질을 지니고 있었다. 현미경으로 확대하면 미세한 결정 구조가 맥동하듯 형태를 바꾸고 있었으며, 온도를 높이면 오히려 구조가 더욱 단단해졌다. 샘플 일부는 분석 도중 마치 자성을 띠는 듯 연구실 기기의 나침반을 흐트러뜨렸고, 스피커에서는 미세한 '두 번 짧게, 한 번 길게'의 진동음이 감지됐다. 흥미로운 건 이 리듬이 난파선이 사라진 날 기록된 무전 신호와 동일했다는 점이었다. 결국 탐사팀은 난파선이 단순한 조난이 아니라, 어떤 목적을 가지고 마지막 항로를 따라갔으며 그 끝에서 인간의 기술로 설명할 수 없는 상태로 변모했다는 가설을 세웠다.

마지막 잠수 임무에서 카메라는 선체 중앙부에 뚜렷한 원형 표식을 포착했다. 그 표식은 바다 위에서 폭풍이 일 때 형성되는 소용돌이와 닮았지만, 정확히 아홉 개의 고리가 안쪽으로 말려 들어가 있었고, 고리마다 빛이 미세하게 깜박이며 파동처럼 번져 나갔다. 탐사팀은 이 빛이 선체 내부에서 나오는 것임을 확인했고, 마치 배가 여전히 항해를 준비하는 듯한 인상을 받았다. 그러나 접근이 계속되자 갑자기 잠수정과의 통신이 끊기고, 수면 위로 예기치 못한 파동이 퍼져 탐사선 전체가 크게 흔들렸다. 파동이 지나간 뒤, 난파선은 소나 화면에서 흔적도 없이 사라졌고,

해저엔 아무것도 남지 않았다. 그날 이후 같은 해역을 지나는 배들은 이유 없이 항로를 변경하거나 속도를 줄였고, 모두가 그곳을 '사라진 난파선의 마지막 항로'라 부르며 멀리 돌아갔다.

08
물결 속에 떠오른 오래된 조각상

 바다의 표면은 평온하게 빛나고 있었지만 어느 순간부터 수평선 저편에서 이상한 파문이 일기 시작했다. 처음에는 바람이 만든 물결로 생각했으나 그 움직임은 바람의 방향과 전혀 일치하지 않았고 일정한 간격으로 동심원처럼 번져나갔다. 잠수 장비를 갖춘 탐사팀이 접근하자 얕은 바닷속에서 무언가 서서히 모습을 드러냈다. 그것은 단순한 바위가 아니었고 사람의 얼굴을 닮은 거대한 형상이 물결 사이로 조금씩 고개를 내밀고 있었다. 표면은 바닷물에 씻기며 반짝였고 곳곳에는 산호와 조개껍질이 덮여 있었지만 그 아래에 새겨진 조각선은 인간이 만든 것으로 보였다. 누가 언제, 왜 이런 것을 바다 속에 두었는지에 대한 의문이 곧 팀원들 사이에 퍼졌다. 물결은 마치 그 형상을 감싸듯 부드럽게 흔들리며 신비로운 분위기를 더하고 있었다.

조각상은 바닷속 모래바닥에 반쯤 묻혀 있었고 나머지 부분만이 수면 위로 드러나 있있다. 크기는 적어도 4미터 이상으로 추정되었으며 석재는 육지에서 볼 수 있는 화강암 계열과 유사했다. 하지만 이 지역 근처에는 그런 돌이 자연적으로 형성된 적이 없었기에 그것이 먼 곳에서 옮겨진 것임은 분명했다. 표면을 자세히 살펴보니 얼굴 부분에는 긴 눈매와 곧은 코, 굳게 다문 입이 표현되어 있었는데 그 비율은 현대 인류의 얼굴과도 약간 달랐다. 이목구비가 길게 늘어난 듯하면서도 동시에 날카로움이 묻어 있어 사람인지, 신인지, 혹은 전혀 다른 존재인지를 단정할 수 없었다. 수중 드론이 촬영한 영상 속에서 그 눈은 마치 물결 속에서 살아 움직이는 것처럼 보였고, 이를 본 몇몇 사람은 그것이 해양 전설 속 '심해의 수호자'와 닮았다고 말했다.

지역의 어부들은 오래전부터 이 해역을 피해 왔다고 했다. 이유를 묻자 그들은 파도가 잔잔한 날에도 이곳에선 알 수 없는 울림이 들린다고 답했다. 그 소리는 바다 밑에서 올라오는 낮고 묵직한 음성이었으며, 조각상이 모습을 드러낼 때 더 선명해진다고 했다. 몇몇 노인들은 어린 시절 파도 위로 검은 그림자가 길게 드리운 것을 본 기억이 있다고 회상했다. 그 그림자가 물 위를 스쳐 지나가면 곧 폭풍우가 몰아쳤고, 바다는 순식간에 사나워졌다. 조각상은 어쩌면 단순한 유물이 아니라 바다의 변화를 경고하는 표식이었을지도 모른다. 전해 내려오는 이야기 속에는 "물결이 조각상을 비추면 육지에 큰 변화가 온다"는 경고가 있었는데, 이 때문에 어부들은 이곳을 불길한 장소로 여겼다.

해양 고고학자들은 조각상의 기원을 밝히기 위해 연구를 시작했다. 방사성 탄소 연대 측정은 사용할 수 없었지만 조각 기법과 마모 상태를 분석한 결과 적어도 1,500년 이상 된 것으로 추정되었다. 그러나 문제는 이 시기에 이 지역에 거대한 조각 문화를 남긴 문명이 없다는 점이었다. 당시 해수면은 지금보다 낮았기 때문에, 조각상은 원래 육지에 세워져 있었을 가능성이 크다. 그러다 대지의 일부가 침몰하면서 현재 위치로 옮겨졌을 수 있다. 하지만 이 경우에도 이렇게 정교하고 크기가 큰 조각을 바다로 옮길 방법은 설명되지 않는다. 혹자는 이 조각상이 실종된 고대 왕국의 흔적일지도 모른다고 주장했고, 또 다른 이들은 아예 알려지지 않은 문명의 잔재일 가능성을 제기했다.

탐사팀은 수중 스캐너를 이용해 조각상의 하부를 조사했다. 그 결과, 조각상은 단일 구조물이 아니라 기단부와 본체가 결합된 형태였다. 기단부에는 소용돌이 모양의 문양이 반복적으로 새겨져 있었고, 그 문양은 현재 알려진 어떤 문화의 것과도 일치하지 않았다. 다만 태평양의 일부 섬 문화에서 발견되는 파도 문양과 약간의 유사성이 보였지만, 해석은 여전히 불가능했다. 또한 조각상 뒷면에는 사람의 손바닥 크기 정도의 홈이 일정 간격으로 파여 있었는데, 마치 무언가를 고정시키거나 걸기 위해 만든 듯 보였다. 이 홈 안에서는 푸른색 광택이 나는 미세한 결정체가 발견되었고, 분석 결과 그 성분은 인근 해역의 암석에서는 전혀 검출되지 않는 희귀 광물이었다.

이 조각상이 다시 모습을 드러낸 것은 아마도 해류의 변화와 바닷속 지형 변동 때문일 것이다. 몇 년 전 발생한 해저 지진이 이 일대의 모래층을 일부 쓸어내렸고, 그 결과 조각상의 윗부분이 수면 위로 노출되었다. 그러나 바닷속에서 오랜 세월 잠들어 있던 이 형상이 왜 지금 나타났는지는 여전히 설명되지 않는다. 일부는 이것이 단순한 자연 현상이 아니라, 조각상의 존재가 전하려는 '신호'일 수 있다고 생각했다. 파도에 반사된 햇빛이 특정 계절에만 조각상의 눈과 입 부분을 비추며, 그때마다 이상한 반짝임이 발생한다는 보고가 이어졌다. 마치 조각상이 어떤 순간을 기다린 듯이.

지금도 조각상은 물결 속에서 묵묵히 서 있다. 매일 바닷속 생물들이 그 주위를 헤엄치고, 파도는 끊임없이 그 형상을 감싼다. 하지만 그곳을 지켜보는 사람들은 단순히 오래된 돌덩이가 아니라는 사실을 느낀다. 그것은 시간의 흐름을 초월해 이 자리를 지킨 어떤 존재이며, 인간이 아직 해석하지 못한 메시지를 품고 있는 듯하다. 언젠가 바다의 비밀이 풀리는 날, 조각상은 마침내 자신의 이야기를 전할지도 모른다. 그때까지는 물결 속에 숨겨진 이 거대한 얼굴이 바다와 함께 숨 쉬며, 우리에게 보이지 않는 세계가 존재한다는 사실을 조용히 증언할 뿐이다.

3장

땅속에 묻힌 세계

01
사막 모래밭에 드러난 돌문

사막의 한가운데, 끝없이 이어지는 모래 언덕 사이에서 모래 폭풍이 지난 뒤에야 비로소 그 형체가 드러났다. 사람들은 처음 그것을 발견했을 때 단순한 바위라고 생각했지만, 표면에 새겨진 정교한 문양과 직선적인 구조는 자연이 만든 것이 아님을 즉시 깨닫게 했다. 그것은 마치 거대한 문처럼 세워져 있었고, 주변에는 수백 년, 아니 수천 년 동안 바람과 모래에 깎인 흔적이 있었다. 표면에는 낯선 상형 문자와 기하학적 무늬가 빼곡히 새겨져 있었으며, 일부 문양은 빛을 받으면 은은하게 반사되어 마치 살아 움직이는 듯한 착각을 불러일으켰다. 현장에 모인 탐험가들과 연구자들은 그 문이 단순한 장식물인지, 아니면 실제로 열 수 있는 구조물인지 알기 위해 신중하게 접근했다. 그러나 문 주위의 모래를 파내려 갈수록 그 규모는 점점 커졌고, 문은 땅속 깊숙이 이어져 있는 듯했다.

가까이 다가가 본 사람들은 그 표면에서 이상한 온기를 느꼈다고 말했다. 사막의 한낮임에도 불구하고 문은 차갑지도, 뜨겁지도 않은 온도를 유지했으며, 손을 대면 미세한 진동이 전해져 마치 그 안쪽에서 어떤 기계 장치가 작동하고 있는 듯한 느낌을 주었다. 문을 둘러싼 문양 중 일부는 별자리와 흡사한 배열을 이루고 있었고, 이를 본 천문학자는 그것이 특정 시기와 계절을 나타내는 천문학적 표기일 가능성을 제기했다. 특히 별자리 중에는 현재 하늘에서는 볼 수 없는, 아주 오래전에만 존재했던 별의 위치가 묘사되어 있었다. 이는 이 구조물이 인류가 기록하기 훨씬 이전의 시대에 만들어졌음을 암시했다. 주변의 지질 조사 결과, 문이 위치한 지층은 최소 1만 년 이상 된 것으로 추정되었으며, 이는 인류 문명의 기원에 관한 기존 학설과 충돌하는 발견이었다.

탐사팀이 장비를 사용해 문의 뒤편을 탐지했을 때, 놀랍게도 그 안쪽에는 광대한 빈 공간이 존재한다는 결과가 나왔다. 이는 단순한 벽이 아니라, 실질적으로 무언가로 이어지는 입구일 수 있음을 의미했다. 하지만 문을 열기 위한 손잡이나 경첩 같은 물리적 장치는 보이지 않았다. 대신 문의 중앙부에는 직경 30cm 정도의 원형 홈이 있었고, 그 주변에는 달과 태양, 그리고 여러 상징을 나타내는 작은 패턴이 새겨져 있었다. 한 고고학자는 이 홈이 어떤 열쇠나 특정 물체를 끼워 넣는 장치일 가능성을 제시했다. 문제는 그 열쇠가 무엇인지, 어디에 있는지 전혀 알 수 없다는 것이었다. 이 발견 이후 인근 사막에서는 밤마다 정체 모를 빛이 목격되었고, 빛은 항상 문의 위치를 향해 사라졌다는 보고가 이어졌다.

더 기이한 점은, 문 근처에서 장시간 머문 사람들에게서 공통적으로 나타난 현상이었다. 그들은 모두 같은 꿈을 꿨다고 주장했는데, 꿈속에서 끝없는 복도와 어두운 계단을 따라 내려가다가, 마침내 거대한 금속 문이 있는 공간에 도착한다고 했다. 그 문은 현실에서 본 사막의 돌문과 똑같았지만, 꿈속에서는 천천히 열리며 찬란한 빛과 함께 거대한 도시가 모습을 드러냈다. 꿈에서 본 도시는 황금빛 구조물과 유리로 된 첨탑이 어우러져 있었고, 하늘에는 두 개의 태양과 세 개의 달이 떠 있었다. 깨어난 후에도 사람들은 그 장면을 생생하게 기억했으며, 심지어 일부는 도시의 세부 구조와 거리 배치까지 묘사할 수 있었다. 이는 단순한 우연이라고 보기 어려운 일치였다.

이러한 이야기는 곧 사람들 사이에서 전설로 번졌다. 오래전 이 지역에 존재했던 잊혀진 문명이 신의 노여움이나 재앙을 피해 도시를 땅속에 숨겼다는 설이 나왔다. 또 다른 설에 따르면, 이 문은 인간이 아닌 다른 존재들이 만든 관문이며, 특정한 시기에만 열려 그들을 다시 이 세상으로 불러들일 수 있다고 했다. 그 시기가 오면 하늘의 별자리와 문의 문양이 완벽히 일치하고, 사막의 한가운데에서 강력한 빛 기둥이 솟아오른다는 전승도 전해졌다. 일부 모험가들은 이를 믿고 비밀리에 탐험을 시도했으나, 그 후로 돌아오지 않았다는 이야기도 남았다.

시간이 흐르면서 돌문 주위는 군사적으로 봉쇄되었고, 정부는 이를 '고고학적 유물 보호 구역'이라는 명목으로 출입을 금지했다. 그러나 지역 주민들은 여전히 밤마다 먼 곳에서 문의 윤곽이 희미하게 빛나는 것을 본다고 주장했다. 그 빛은 육안으로 보면 단순히 은빛 같지만, 사진으로 찍으면 붉은색과 푸른색이 번갈아가며 나타나는 이상한 패턴을 보였다. 과학자들은 이를 빛 굴절 현상이나 카메라 오류로 설명하려 했지만, 이 패턴이 문의 표면 문양과 정확히 일치한다는 사실이 드러나면서 논란은 더 커졌다. 그리고 사람들은 점점 확신하게 되었다. 이 문은 단순한 고대 유물이 아니라, 아직 열리지 않은 거대한 비밀을 품고 있다는 것을.

최근에는 이 돌문을 둘러싼 또 다른 소문이 퍼지고 있다. 봉쇄 지역 안에서 근무했던 전직 경비원이 한 인터뷰에서, 어느 날 새벽 문 앞에 알 수 없는 그림자가 서 있었다고 증언한 것이다.

그는 그 그림자가 사람의 형체를 하고 있었지만, 움직임은 부자연스럽게 느리면서도 동시에 몇 초 만에 사라졌다고 했다. 더 놀라운 건, 그가 사라지기 직전 문 표면의 문양이 강하게 빛났고, 모래 위에 커다란 원형의 발자국 같은 흔적이 남았다는 것이었다. 발자국의 깊이와 크기는 인간과 맞지 않았으며, 이내 바람에 덮여 사라졌지만, 그 순간을 목격한 사람들은 여전히 그것이 '열쇠를 가진 자'의 귀환일지도 모른다고 수군거린다. 이로 인해 돌문은 단순한 과거의 유적이 아니라, 미래에 벌어질 어떤 사건의 전조로 여겨지고 있다.

02
벽에 새겨진 읽을 수 없는 글자

사막의 심장부, 한때 문명이 번성했을 것이라 짐작되는 폐허 속에서 한 탐사대가 우연히 한 벽을 발견했다. 벽은 부서진 건물 잔해 속 깊숙이 묻혀 있었고, 표면은 마치 검게 그을린 듯한 광택이 감돌았다. 그러나 그보다 사람들의 시선을 사로잡은 것은 그 위에 빼곡히 새겨진 알 수 없는 기호들이었다. 언뜻 보기에 그것들은 단순한 그림 같기도 했지만, 자세히 보면 규칙적인 배열과 반복 패턴이 존재했다. 기호는 마치 별자리나 수학적 도형을 연상시키는 형태였고, 일부는 동물이나 식물, 혹은 추상적인 상징물로 보였다. 이 글자를 발견한 순간부터 탐사대는 자신들이 단순한 고고학적 유물 이상의, 인류가 아직 풀어내지 못한 거대한 비밀과 마주하고 있음을 직감했다. 벽의 재질 또한 특이했는데, 일반적인 석재가 아니라 현미경 관찰에서 알 수 없는 합금 성분이 포함되어 있었고, 그 덕에 수천 년의 세월에도 불구하고 기호는 거의 미모디지 않은 채 선명하게 남아 있었다.

처음에는 언어학자들이 이 기호를 해독하려 시도했지만, 곧 난관에 부딪혔다. 기존에 알려진 고대 문자나 상형문자와 전혀 일치하지 않았고, 심지어 일부 기호는 그 형태가 보는 각도에 따라 미묘하게 변하는 것처럼 보였다. 이는 단순한 착시일 수도 있었지만, 벽이 지닌 특수한 광택이 빛을 반사해 만들어낸 효과라고 보기에는 너무 정교했다. 더 기이한 점은, 기호 중 일부가 특정한 시간대. 특히 해질 무렵에만 희미하게 빛난다는 사실이었다. 그 빛은 육안으로는 은색에 가까웠지만, 특수 장비로 촬영하면 푸른색과 보라색이 섞인 독특한 파장이 감지되었다. 과학자들은 이 현상을 재현하기 위해 다양한 조명 조건을 실험했지만, 오직 폐허 속 벽 앞에서만 동일한 반응이 나타났다. 마치 벽 자체가 주변 환경과 상호작용하며 반응하는 듯 보였다.

이후 고고학자들은 벽의 일부를 3D 스캔하여 가상 공간에서 기호를 재배열해 보았다. 놀랍게도 기호의 배열은 무작위가 아니라 거대한 나선형 구조를 이루고 있었으며, 중심부로 갈수록 점점 복잡해졌다. 나선의 끝부분에는 다른 기호들과는 전혀 다른, 마치 열쇠 모양을 연상시키는 패턴이 있었는데, 이는 마치 어떤 문이나 장치를 작동시키는 암호 같았다. 이런 구조는 마치 지도나 설계도처럼 보이기도 했다. 일부 학자는 이것이 실제 지하 구조물의 배치를 나타내는 청사진일 가능성을 제기했으며, 또 다른 이들은 별자리 지도일 수도 있다고 주장했다. 흥미롭게도, 기호 배열을 천문학적으로 해석하면 과거 약 1만 2천 년 전 하늘의 별자리 배치와 정확히 일치했다. 이는 벽과 기호가 인류 문명사에서 상상할 수 없을 만큼 오래된 시기에 만들어졌음을 의미했다.

벽 근처에서 머문 사람들 사이에서는 특이한 현상도 보고되었다. 오래 머물다 보면 머릿속에 알 수 없는 형상과 장면이 스쳐 지나가듯 떠오른다는 것이다. 어떤 이들은 끝없이 이어진 어두운 회랑을 걷는 꿈을 꾸었고, 어떤 이는 거대한 기계 장치와 황금빛 도시를 보았다고 말했다. 심지어 몇몇 사람은 전혀 배우지 않은 언어로 속삭이는 목소리를 들었다고 증언했다. 이 현상이 단순한 심리적 암시에 의한 것인지, 아니면 벽에서 나오는 어떤 전자기적 파장 때문인지는 밝혀지지 않았다. 그러나 연구팀의 전자기파 측정 결과, 벽에서는 아주 낮지만 일정한 주기의 파형이 감지되었고, 그 주기는 벽의 기호 배열과도 일치했다.

지역 전설에 따르면, 이 벽은 오래전 '하늘에서 내려온 존재들'이 남긴 기록이라고 한다. 그들은 땅속 깊이 도시를 세우고, 후세에 전할 메시지를 이 벽에 새겨 넣었다고 전해진다. 하지만 이 기록은 아무나 읽을 수 없으며, 특정한 '선택받은 자'만이 그 의미를 깨달을 수 있다고 했다. 또 다른 이야기는 이 벽이 어떤 봉인의 역할을 한다는 것이었다. 봉인을 푸는 순간, 땅속에 잠들어 있던 무언가가 깨어나 세상에 나타난다는 것이다. 이 전설은 기호 중 열쇠 모양의 패턴과 맞물려 더욱 신빙성을 얻었고, 어떤 사람들은 이 벽이 실제로 거대한 문이나 관문과 연결되어 있다고 믿었다.

정부는 벽과 그 주변을 보호 구역으로 지정하고 출입을 통제했다. 그러나 비밀리에 접근을 시도하는 이들이 끊이지 않았다. 밀입한 몇몇 모험가들은 벽의 기호를 따라가다 깊은 지하 터널로 이어지는 입구를 발견했다고 주장했다. 하지만 그들은 모두 다시 벽 앞에서 눈을 떴고, 자신들이 어떻게 돌아왔는지 전혀 기억하지 못했다. 이 이상한 경험은 기호가 단순한 기록이 아니라, 사람의 인지와 공간 감각에 영향을 미치는 일종의 장치일 가능성을 시사했다. 과학적으로 설명하기 어려운 이 현상은 벽의 미스터리를 더욱 짙게 만들었다.

마지막으로, 한 연구자가 벽의 기호를 장기간 관찰하다가 중요한 변화를 포착했다. 몇 달에 걸쳐 찍은 사진들을 비교해 보니, 기호의 배열이 아주 미세하게 변하고 있었던 것이다. 마치 살아 있는 유기체처럼 시간이 지남에 따라 스스로를 수정하고 재배열하는 듯했다. 변화의 속도는 극히 느렸지만, 이를 몇 년 단위로 분석하면 분명한 패턴이 드러났다. 흥미롭게도, 그 패턴은 다가오는 특정한 천문 현상. 수천 년에 한 번 일어나는 행성들의 대각렬과 일치했다. 이는 벽이 단순히 과거를 기록한 것이 아니라, 미래의 어떤 사건을 예고하는 장치일 수도 있다는 가설을 낳았다. 그리고 그날이 다가올수록, 벽은 점점 더 많은 비밀을 드러낼 준비를 하고 있는 것처럼 보였다.

03
지하 터널 끝에서 울린 발걸음

지하 터널에 발을 들이는 순간, 뼛속까지 파고드는 차가운 기운이 온몸을 감싸왔다. 단순히 온도가 낮은 것이 아니라, 수백 년 동안 사람의 발길이 닿지 않은 공간이 낯선 숨결을 거부하듯 무겁고 밀도 높은 공기로 가득 차 있었다. 터널 벽은 축축하게 젖어 있었고, 손전등 불빛을 비추면 군데군데 반짝이는 광물질이 드러났는데, 그 빛깔은 유리나 금속과도 달랐으며 설명하기 어려운 기묘한 색채를 품고 있었다. 굽이진 좁은 통로를 따라 걸을수록 발자국 소리는 점점 더 크게 울려 퍼졌고, 어느 순간 그것이 단순한 메아리가 아니라 다른 누군가의 발소리처럼 느껴지기 시작했다. 처음에는 동행이 뒤따르는 줄 알았지만, 고개를 돌릴 때마다 뒤에는 아무도 없었고, 그럼에도 발소리는 일정한 간격을 두고 계속 이어졌다. 이상하게도 그 간격은 심장이 뛰는 속도와 묘하게 맞아떨어져 불안감을 더욱 자극했다.

더 깊이 들어갈수록 공기는 눅눅해지고, 바닥에는 작은 물웅덩이가 나타나기 시작했다. 그 물은 이상하리만큼 맑았지만 표면에는 보이지 않는 무언가가 미세한 진동을 일으키는 듯 파문이 번졌다. 발걸음 소리는 그 순간 더 또렷해졌고, 이번에는 분명히 두세 걸음 앞에서 울려 퍼졌다. 그때 손전등 불빛이 살짝 흔들렸고, 터널의 어두운 굴곡 너머로 스치는 그림자가 보였다. 그 형체는 인간의 실루엣을 닮았지만 팔다리가 부자연스럽게 길었고 움직임은 물속 생물처럼 부드러워서 사람이라기보다는 바다에서 올라온 존재 같았다.

그 발걸음을 쫓아가자 통로의 끝이 갑자기 넓어지며 거대한 방이 나타났다. 그곳은 마치 누군가가 의도적으로 깎아 만든 듯 매끈하고 반듯한 벽으로 둘러싸여 있었으며, 중앙에는 검은 돌로 만든 듯한 제단이 놓여 있었다. 제단 위에는 금속 고리 모양의 구조물이 있었는데, 표면에는 흐르는 듯한 은빛 문양이 서서히 빛나고 있었다. 발소리는 그 순간 완전히 멈췄지만, 대신 낮고 깊은 진동이 울려 퍼지며 공간 전체를 채웠다. 그 소리는 귀를 막아도 멈추지 않았고, 마치 몸속 뼈마디를 타고 전해지는 파동처럼 느껴졌다.

방 안을 천천히 둘러보던 중, 한쪽 벽이 미묘하게 흔들리는 것이 보였다. 어둠이 물결치듯 일렁이더니, 그 너머에서 발소리가 다시 울렸다. 이번에는 벽 속에서 점점 다가오는 듯했으며, 순간 벽 일부가 액체처럼 흔들리며 안쪽에서 길고 가느다란 손이 스르륵 밀려 나왔다. 그 손은 사람보다 훨씬 길었고 표면에는 비늘 같은 조직이 반짝였으며, 손끝이 제단을 향해 서서히 뻗어왔다. 곧 발소리는 사방에서 동시에 울리기 시작했고, 방향을 전혀 가늠할 수 없게 되어 방 안은 불안한 긴장감으로 가득 찼다.

그 순간 차갑고 습한 바람이 터널 깊숙이에서 불어왔다. 바람에는 먼지 대신 미세한 물방울이 섞여 있었고, 공기는 순식간에 짠내를 띠며 바닷가처럼 변했다. 벽면에 드리운 그림자가 자기 마음대로 꿈틀거리기 시작했고, 제단 위의 고리 구조물에서는 빛이 불규칙하게 깜빡이며 마치 신호를 보내는 듯했다. 발소리는 더 이상 들리지 않았지만, 대신 심장 박동처럼 둔탁한 진동이 바닥과 공기를 타고 전해졌다. 그 진동은 규칙적이면서도 어딘가 불안정해, 마치 살아있는 무언가가 가까이에서 숨 쉬는 것 같았다.

뒤로 물러서려던 찰나, 발밑의 물웅덩이가 갑자기 부글부글 끓듯 거품을 뿜어냈다. 곧 은빛으로 번쩍이는 형체가 수면 위로 잠시 솟아올랐다가 다시 가라앉았다. 그 순간 잠깐이었지만 형체의 눈과 시선이 마주쳤고, 그 눈은 깊고 어두운 바다 속처럼 끝없는 심연을 품고 있었다. 단 한 번 바라봤을 뿐인데 머릿속에는 거대한 지하 바다와 그 속을 유영하는 그림자의 이미지가 선명하게 각인되었다. 그 그림자는 인간의 상상을 초월하는 크기와 형체를 가지고 있었으며, 느릿하지만 위압적인 움직임으로 그 물속을 지배하고 있었다.

 이후로는 아무리 귀를 기울여도 발걸음 소리는 다시 들리지 않았다. 그러나 그곳을 떠난 뒤에도 한동안 귓속에서는 여전히 그 묵직한 진동이 메아리쳤고, 눈을 감으면 그 깊은 눈동자가 어김없이 떠올랐다. 사람들은 터널 끝에서 무슨 존재를 마주친 것인지 알 수 없었지만, 분명한 것은 그곳이 단순한 폐허나 자연

동굴이 아니라 훨씬 더 오래되고 은밀한 무언가가 숨겨진 장소라는 사실이었다. 발걸음이 멈춘 이유도, 그 존재가 모습을 드러낸 이유도 영원히 밝혀지지 않은 채, 그 지하의 침묵은 다시 오래도록 이어졌다.

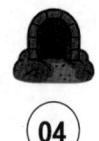

04
지도에도 없는 지하 도시

그날 터널 탐사팀은 예상치 못한 발견 앞에서 발걸음을 멈췄다. 좁고 구불진 통로가 갑자기 끝나면서, 눈앞에 광활한 공간이 펼쳐졌기 때문이다. 그곳은 분명 땅속 깊은 곳이었지만 천장이 믿기 어려울 정도로 높았고, 벽면에는 인공적으로 조각한 듯한 기둥과 아치 구조가 이어져 있었다. 마치 거대한 성당을 통째로 지하에 옮겨놓은 것 같았으며, 불빛이 닿지 않는 어두운 구역에서는 알 수 없는 구조물이 희미하게 윤곽을 드러냈다. 더 놀라운 것은, 발아래 바닥이 매끈하게 다져진 돌길로 이어져 있었고, 양옆에는 무너져 내린 건물과 여전히 형태를 유지한 건물들이 섞여 있었다. 그 건물들은 고대와 현대가 뒤섞인 듯한 기묘한 양식을 하고 있었고, 창문 대신 작은 구멍이 뚫린 벽이 대부분이었다.

도시의 중심부로 걸어 들어가자 바닥에 묘한 문양들이 반복적으로 새겨져 있는 것이 보였다. 그것들은 단순한 장식 같기도 했지만, 일정한 패턴을 이루며 도시 전역을 가로지르고 있었다. 일부는 바닥뿐 아니라 건물 벽에도 동일하게 새겨져 있었는데, 가까이에서 보면 마치 지도처럼 경로와 지점을 표시하는 것처럼 보였다. 하지만 그 '지도'에는 현재 우리가 알고 있는 어떤 지형과도 일치하는 부분이 없었다. 이 때문에 탐사팀은 곧 그것이 실제 지상의 지도가 아니라, 지하에만 존재하는 독자적인 공간의 안내도일 수 있다고 추측했다. 건물 내부를 조사하던 한 연구원은 벽 안쪽에서 금속제 파이프 같은 구조물을 발견했는데, 녹이 슬지 않았고 표면에 알 수 없는 문자가 빼곡히 새겨져 있었다.

시간이 지날수록 이곳이 단순한 폐허가 아니라는 사실이 명확해졌다. 일부 건물 내부에서는 여전히 온기가 느껴졌고, 먼지

가 거의 쌓이지 않은 방도 있었다. 한 방에서는 오래된 나무 책상 위에 정체불명의 도면이 펼쳐져 있었는데, 그 도면에는 복잡한 기계 장치와 함께 지하 깊숙한 곳으로 이어지는 또 다른 터널 구조가 그려져 있었다. 이상한 점은 그 도면 속 거리와 방향이 실제 도시의 위치와 거의 일치한다는 것이었다. 즉, 이곳은 하나의 독립된 거주지일 뿐 아니라, 지하 전체를 연결하는 중심 허브 같은 역할을 했을 가능성이 있었다. 그리고 지도에도 없는 이 도시가, 그 연결망의 핵심일 수 있다는 생각이 탐사팀의 머릿속을 스쳤다.

더 깊숙이 들어가자 작은 광장이 나타났고, 그 한가운데에는 거대한 석상이 세워져 있었다. 석상은 인간과 닮았지만, 머리 뒤로 방사형의 무늬가 새겨진 원반이 붙어 있었고, 손에는 구형의 물체를 들고 있었다. 그 구형 물체에는 구멍이 여러 개 나 있었으며, 구멍 안쪽에서 희미한 빛이 새어 나왔다. 이상한 것은 탐사팀이 다가서자 그 빛이 강해졌고, 동시에 주변 공기마저 묘하게 떨리는 느낌이 들었다. 마치 그 석상 자체가 어떤 장치의 일부처럼 작동하는 듯했다. 몇몇 사람들은 그 빛과 진동이 도시 전체의 에너지 공급 장치와 연관이 있을지도 모른다고 추측했다. 하지만 그 순간, 광장 가장자리에 있던 벽 일부가 스르르 미끄러지듯 열리며 새로운 통로가 드러났다.

그 통로는 기존 터널과 달리 매끈하고 정교했으며, 마치 현대의 지하철 역 입구 같은 구조를 하고 있었다. 바닥에는 반짝이는 광물질이 박혀 있어 손전등 불빛을 받아 반사하며 은은하게 길을 밝혀줬다. 통로 끝에는 거대한 금속문이 있었는데, 표면이 마치 살아 있는 것처럼 아주 미세하게 파동을 일으키고 있었다. 문 중앙에는 원형 홈이 파여 있었고, 그 주변을 따라 얇은 선들이 마치 회로처럼 퍼져 나가고 있었다. 탐사팀이 그 문을 열 방법을 찾으려는 순간, 금속문이 스스로 미세하게 떨리더니 아주 낮은 주파수의 소리가 울려 퍼졌다. 그 소리는 마치 먼 과거에서부터 지금까지 이어져 온 어떤 신호처럼 느껴졌고, 그 진동이 발끝을 타고 몸속 깊이 전달됐다.

하지만 탐사팀이 가장 충격을 받은 건 그 순간이었다. 광장의 건물들 중 몇 개의 창문에서 어렴풋이 빛이 새어 나오더니, 그 안에서 무언가 움직이는 그림자가 보였다. 처음엔 빛이 흔들려 생긴 착시라고 생각했지만, 그림자는 분명히 사람처럼 두 발로 서서 천천히 움직였다. 그 그림자는 곧 창문가를 스치듯 지나갔고, 어둠 속으로 사라졌다. 이곳이 정말 오랫동안 버려진 도시라면, 그 그림자의 주인은 도대체 누구일까. 사람일까, 아니면 이 도시를 만든 존재의 후손일까.

그날 탐사는 결국 금속문 앞에서 멈출 수밖에 없었다. 장비로도 열 수 없었고, 억지로 열려는 시도는 오히려 주변의 진동을 강하게 만들었기 때문이다. 그 진동 속에서 탐사팀의 몇몇은 잠깐 동안 이상한 소리를 들었다고 말했다. 그 소리는 사람 목소리 같기도 했지만, 알아들을 수 없는 언어로 읊조리는 듯했으며, 그 울림이 머릿속에서 몇 번이고 반복됐다. 그 후 탐사팀은 이 도시가 단순히 숨겨진 고대 유적이 아니라, 여전히 어떤 '무언가'가 작동하고 있는 살아 있는 장소일지도 모른다고 결론 내렸다. 그리고 이 지하 도시의 존재는, 지도의 공백 속에 감춰진 채 앞으로도 오랫동안 수수께끼로 남을 수밖에 없었다.

05
바위 너머 울려 퍼진 쇳소리

 터널 안은 이미 숨이 막힐 정도로 정적이었고, 바위벽을 타고 흐르는 미세한 물방울 소리만이 그곳이 아직 살아 있음을 알려 주고 있었다. 하지만 그 순간, 깊은 어둠 속 어딘가에서 금속이 부딪히는 날카롭고 울림 있는 소리가 들려왔다. 그것은 단순히 돌이 부서지는 소리와는 전혀 달랐으며, 마치 단단한 강철과 강철이 맞부딪히는 듯한 깊고 묵직한 음색을 가지고 있었다. 첫 번째 소리가 울린 뒤, 짧은 침묵이 흘렀고 곧이어 일정한 간격으로 다시금 같은 소리가 반복됐다. 마치 누군가가 의도적으로 규칙적인 박자를 만들어 내는 것처럼 들렸다. 탐사팀은 숨을 죽이고 귀를 기울였고, 그 소리가 점점 더 가까워지고 있다는 것을 깨달았다. 어둠 너머에서 울려 퍼지는 그 쇳소리는 단순한 회중시계나 기계 장치의 작동음과는 달리, 이상하게도 살아 있는 생물의 움직임처럼 미묘한 강약과 길이를 가지고 있었다.

소리는 곧 바위벽 너머에서 울림을 타고 전해져 왔다. 그곳은 지도에도 표시되지 않은 구역이었고, 막다른 길처럼 보이는 곳이었다. 하지만 바위벽 한쪽에는 미세하게 벌어진 틈이 있었고, 그 사이로 찬 공기와 함께 금속 냄새 같은 특유의 향이 흘러나왔다. 탐사팀 중 한 명이 귀를 대자 그 틈 너머에서 규칙적인 쇳소리와 함께 낮게 울리는 진동이 느껴졌다. 마치 거대한 금속 구조물이 천천히 움직이며 어딘가를 가리키는 듯한 느낌이었다. 이상한 점은, 소리가 단순히 반향으로 퍼지는 것이 아니라, 일정한 패턴을 만들어내고 있었다는 것이다. 마치 어떤 신호를 보내는 모스 부호처럼, 긴 금속음과 짧은 금속음이 번갈아가며 울렸다. 이 패턴이 우연이라고 하기에는 너무나 명확했기에, 팀원들은 그 순간부터 누군가-혹은 무언가-의도적으로 그 소리를 만들어내고 있다는 확신을 가졌다.

그 틈은 너무 좁아 사람이 통과하기는 어려웠지만, 억지로 장비를 밀어 넣어 안쪽을 비추자 벽 너머에는 넓은 공간이 펼쳐져 있었다. 거기에는 고대의 광산처럼 보이는 구조가 있었고, 천장에서부터 바닥까지 이어지는 거대한 금속 기둥이 몇 개 서 있었다. 그 기둥들은 일정한 간격으로 박혀 있었으며, 각각의 표면에는 정교한 홈과 무늬가 새겨져 있었다. 그리고 바로 그 기둥에서 쇳소리가 나고 있었다. 기둥의 표면 일부가 마치 시계태엽이 돌아가듯 시시히 움직이며 서로 부딪히고 있었고, 그때마다 공명이 울려 터널 끝까지 퍼져 나갔다. 이상한 것은, 그 움직임이 마치 누군가가 다가오는 발걸음처럼 점점 더 빈번해지고 있다는 점이었다. 기계 장치라면 일정한 속도를 유지했을 텐데, 이건 오히려 살아 있는 것처럼 반응하는 듯 보였다.

탐사팀은 카메라를 그 틈에 고정시키고 더 많은 장면을 포착하려 했지만, 갑자기 소리가 완전히 멈췄다. 몇 초간의 고요가 흘렀고, 그 순간 벽 너머에서 '쿵' 하고 낮고 무거운 금속음이 울렸다. 그것은 이전보다 훨씬 강한 울림을 동반했고, 벽 틈 사이로 아주 미세한 먼지가 날렸다. 마치 그곳에서 거대한 무언가가 몸을 움직였거나, 바닥을 강하게 밟은 듯한 진동이었다. 팀원들이 놀라 서로를 바라보는 사이, 또 한 번 '쿵' 하는 소리가 울렸고, 이번에는 그 진동이 발바닥을 타고 전신으로 퍼졌다. 심지어 장비의 촬영 화면에서도 미세하게 흔들림이 감지됐다. 이 모든 것은 단순한 기계 장치의 반응이라고 보기 어려웠다.

이상한 점은 그 소리가 점차 사람의 걸음소리처럼 변해 갔다는 것이다. 처음에는 금속의 기계적인 울림이었지만, 시간이 지나면서 마치 무거운 갑옷을 입은 존재가 바닥을 밟으며 걸어오는 듯한 리듬이 만들어졌다. '쿵… 쿵…' 하는 규칙적인 간격이 점점 더 가까워졌고, 그 소리에는 금속끼리 부딪히는 날카로운 음색이 섞여 있었다. 이쯤 되자 탐사팀의 일부는 장비를 정리하고 철수해야 한다고 주장했다. 하지만 호기심이 강한 몇 명은 이 기회를 놓칠 수 없다며 오히려 틈을 더 넓혀 안쪽을 확인하려 했다. 그러나 그 순간, 틈 사이에서 희미하게 빛이 새어나오기 시작했다. 그 빛은 처음에는 희뿌연 색이었지만, 곧 금속의 반사광처럼 날카롭고 차가운 은빛으로 변했다.

빛과 함께 들려온 소리는 이전과는 전혀 달랐다. 금속이 긁히는 듯한 날카로운 소리와, 마치 바람이 쇠관을 통과하는 것 같은 저음이 섞여 있었다. 그리고 그 안에서 어렴풋이 움직이는 그림자가 보였다. 처음에는 단순한 착시로 생각했지만, 곧 그것이 분명한 형태를 가진 '무언가'임이 드러났다. 어깨가 넓고, 팔이 길며, 몸 전체에서 금속이 맞부딪히는 듯한 소리를 내는 존재였다. 놀라운 것은 그 실루엣이 사람의 형체와 매우 흡사했지만, 움직임이 인간보다 훨씬 부드럽고 기계적인 규칙성을 지니고 있었다는 점이었다. 마치 인간과 기계의 경계를 초월한 어떤 존재가 그곳에 서 있는 듯했다.

그 존재는 벽 틈 가까이까지 다가오더니 갑자기 움직임을 멈췄다. 그리고 아주 짧게, 금속판이 떨리는 듯한 소리가 나더니 그 소리가 특정한 리듬으로 이어졌다. 탐사팀 중 누군가가 즉시 "이건 신호다"라고 속삭였다. 그 리듬은 무작위가 아니었고, 반복되는 패턴을 가지고 있었다. 하지만 그 의미를 해석할 시간은 없었다. 왜냐하면 곧 틈 사이로 강한 빛이 한 번 번쩍하더니, 그 존재의 실루엣이 사라졌기 때문이다. 소리도 동시에 멈췄고, 남은 건 아직도 벽과 바닥을 타고 도는 묘한 금속 냄새뿐이었다.

이후 그 소리가 다시는 들리지 않았다. 하지만 탐사팀은 돌아간 뒤에도 그 날의 쇳소리를 잊지 못했다. 어떤 이는 꿈속에서 그 규칙적인 금속음이 들렸다고 했고, 또 다른 이는 그 리듬이 마치 오래전부터 전해 내려온 고대의 경고처럼 느껴졌다고 말했다. 그리고 모두가 하나같이 느꼈던 건, 그 벽 너머에는 여전히 무언가가 있다는 확신이었다. 바위 너머 울린 그 쇳소리는 단순한 우연이 아니라, 지금도 깊은 지하 어딘가에서 계속 이어지고 있을지도 모르는 '누군가의 발걸음'이었을 것이다.

06
끊임없이 타오르는 지하의 불꽃

사막 한가운데, 바람이 모래를 밀어내고 드러낸 바위틈에서 미약한 빛이 새어 나왔다. 처음 본 사람들은 달빛이 반사된 것이라 생각했지만, 그 빛은 해가 떠도 사라지지 않았고 오히려 낮이 되면 더욱 강렬해졌다. 조사단이 접근해보니 그 틈새 깊은 곳에서 붉은 기운이 피어오르고 있었으며, 그 온기는 지표 위에서도 느껴질 만큼 강했다. 지표에서 불꽃이 보인다는 것은 단순한 화산 활동으로 설명하기 어려웠다. 왜냐하면 이 지역에는 화산 지형이 전혀 없었고, 지질 조사에서도 마그마의 흐름은 감지되지 않았기 때문이다. 사람들은 이 빛과 열이 수백 년, 아니 수천 년 전부터 끊임없이 타오르고 있다는 전설을 떠올렸고, 이를 '지하의 심장'이라 불렀다.

이 불꽃의 가장 기이한 점은 바람이나 폭우에도 꺼지지 않는다는 것이었다. 몇 년 전 폭우가 사막에 내렸을 때, 지하에서 솟구치는 불빛은 오히려 비를 받아 더욱 밝아졌고, 표면의 모래는 순간적으로 유리처럼 녹아붙어 매끄러운 층을 형성했다. 탐사대는 열화상 카메라를 이용해 내부 온도를 측정했는데, 측정 결과는 섭씨 2,300도를 넘어섰다. 이는 대부분의 금속을 단숨에 녹일 수 있는 온도였고, 심지어 석재조차 액체 상태로 만들 수 있는 열이었다. 그러나 불꽃이 뿜어내는 빛의 파장은 자연적인 화염과 달랐고, 분석 결과 희귀 금속 연소 시 나타나는 스펙트럼과 유사했다. 문제는 그 희귀 금속이 지표에서는 거의 발견되지 않는다는 점이었다.

현지의 오랜 기록에 따르면, 수백 년 전 이곳을 지나던 상인들이 밤마다 사막이 붉게 물드는 현상을 목격했다고 한다. 그들은 지하의 불꽃이 하늘로 닿아 별빛과 섞이는 듯한 광경을 보았으며, 그 빛이 강해질 때마다 바위틈에서 낮게 울리는 음향이 들렸다고 기록했다. 어떤 기록은 그 소리를 '북소리 같았다'고 표현했고, 또 어떤 이는 '거대한 맥박처럼 일정했다'고 적었다. 최근 탐사에서도 같은 현상이 관측되었는데, 지하 깊은 곳에서 규칙적인 진동이 올라와 지표의 모래가 미세하게 흔들렸고, 그 진동 주기는 사람의 심장 박동과 거의 일치했다. 마치 땅속에서 살아있는 무언가가 호흡하듯이.

한 탐사팀은 이 불꽃의 근원을 찾기 위해 좁은 수직갱을 따라 내려갔다. 깊이 150미터 부근에서 온도가 급격히 상승했고, 공기조차 떨리는 듯한 왜곡이 보였다. 그 아래로는 금속성 광택을 띤 벽이 나타났고, 표면에는 고대 문양처럼 보이는 곡선과 점이 복잡하게 얽혀 있었다. 이상한 점은 그 벽에서 직접 불꽃이 솟아오르는 것이 아니라, 마치 내부에서 뿜어져 나오는 열기가 벽 틈을 타고 올라오는 듯 보였다는 것이다. 벽에 손을 대자 금속이 아니라 유기적인 표면처럼 미묘한 탄성을 느낄 수 있었고, 접촉 순간 안쪽에서 붉은 빛이 파동처럼 번졌다.

샘플 채취는 극도로 어려웠다. 벽에서 떨어져 나온 작은 조각은 실험실에서도 계속 미약한 열을 방출했으며, 냉각 장치에 넣어도 온도가 거의 내려가지 않았다. 분석 결과, 이 조각은 지구상에서 알려진 어떤 광물과도 일치하지 않았고, 원자 구조가 비정상적으로 조밀해 열을 방출하는 속성이 내재되어 있었다. 일부 연구자는 이 구조가 자연적으로 형성되었다기보다 누군가 인위적으로 만든 결과물이라고 주장했다. 만약 그렇다면 이 불꽃은 단순한 지질 현상이 아니라 오래전에 설치된, 지금도 작동 중인 거대한 에너지 장치일 가능성이 있었다.

불꽃의 존재는 주변 생태에도 영향을 미쳤다. 반경 수 킬로미터 내에서는 일반적으로 사막에서 볼 수 없는 식물들이 자라고 있었고, 일부는 낮에도 꽃을 피웠다. 더 놀라운 것은 이곳에서 서식하는 동물들이 모두 불꽃 방향으로 주기적으로 이동하는 습성을 보였다는 점이었다. 연구팀은 불꽃이 방출하는 미세한 진동과 전자파가 생물의 행동 패턴을 바꾸고 있다고 결론지었지만, 왜 그런 현상이 나타나는지는 여전히 알 수 없었다. 이 불꽃은 단순히 타오르는 것이 아니라, 주변 모든 생명체와 묘한 연결을 맺고 있는 듯 보였다.

마지막 조사에서 드론 카메라가 불꽃의 심장부를 비추는 데 성공했는데, 그곳은 거대한 원형의 구체 구조물로 덮여 있었고, 표면이 불투명하게 빛나면서도 내부에서 용암 같은 붉은 액체가 흐르고 있었다. 그 구체가 주기적으로 팽창과 수축을 반복하며

불꽃을 토해내고 있었고, 그 호흡 같은 움직임은 처음 발견된 심장 박동과 정확히 맞이떨이졌다. 그러나 촬영 도중 강한 열파가 카메라를 손상시켰고, 신호가 끊기기 직전 화면에는 마치 인간의 눈처럼 보이는 형체가 구체 표면에 잠깐 비쳤다. 이후 그 이미지는 사라졌고, 다시는 재현되지 않았다. 사람들은 그것이 단순한 착시인지, 아니면 지하 깊은 곳에 숨겨진 무언가의 존재 신호였는지 확신할 수 없었지만, 한 가지는 분명했다. 그 불꽃은 결코 자연적인 것이 아니며, 지금 이 순간에도 땅속 어딘가에서 타오르고 있다는 사실이었다.

07
끝없이 내려가는 나선형 계단

한 지방의 오래된 폐허 속, 낡은 석조 건물의 바닥이 붕괴되며 그 아래로 이어지는 구멍이 모습을 드러냈다. 처음에는 단순한 지하실이라 생각했지만, 안쪽으로 손전등을 비추자 끝이 보이지 않는 나선형 계단이 어둠 속으로 사라지고 있었다. 계단은 사람 한 명이 겨우 내려갈 정도의 폭이었고, 벽면은 반질반질하게 닳아 있었으며 손을 대면 싸늘한 감촉이 전해졌다. 더 이상 쓰이지 않는 건물임에도 불구하고 계단에는 먼지가 거의 없었고, 발자국 하나 남아 있지 않아 최근에도 무언가가 다녀간 것인지 아니면 바람조차 닿지 않는 곳이라 그런 것인지 알 수 없었다. 계단의 난간은 이상하게도 금속이 아니라 석질과 유사한 재질로 만들어져 있었는데, 표면에 빛을 비추면 마치 물결이 일렁이듯 반사되었다. 처음 발견한 탐사대원들은 몇 미터만 내려가 보았는데, 아래로 내려갈수록 공기가 점점 서늘해지고 묘한 철 냄새와 흙 냄새가 뒤섞여 코를 찔렀다.

계단의 구조는 보통 지하 건물에서 볼 수 있는 형태와 달랐다. 한 바퀴를 완전히 돌면 다시 제자리로 돌아오는 듯한 착각을 줄 정도로 완벽한 곡선을 유지하고 있었고, 벽에는 일정한 간격으로 작은 홈이 파여 있었다. 홈 속에는 오래전 꺼진 등불 같은 구조물이 있었으나 불을 켤 방법은 알 수 없었다. 흥미로운 점은, 계단을 내려갈수록 바닥에 전혀 이끼나 습기가 보이지 않는다는 사실이었다. 보통 지하로 깊게 내려가면 습기가 차기 마련인데, 이곳은 바싹 말라 있었고 발소리가 이상하리만큼 맑게 울렸다. 몇몇은 그 울림이 단순한 반향이 아니라, 마치 아래에서 다른 무언가가 소리를 되돌려 보내는 것 같다고 말했다. 계단 중간쯤에는 벽에 조각된 인물 형상이 나타났는데, 그 얼굴들은 모두 눈이 가려져 있었고, 입은 미묘하게 열린 채 무언가를 속삭이는 듯한 표정을 하고 있었다.

탐사팀이 더 내려가자 계단 폭이 조금씩 넓어졌고, 벽면의 조각도 점점 정교해졌다. 처음에는 단순한 인물상이었지만, 나중에는 인물들이 서로 이어져 마치 긴 행렬처럼 보이는 장면이 나타났다. 이 행렬의 끝에는 거대한 문 모양의 부조가 있었는데, 문은 닫혀 있었고 그 위에 빛을 상징하는 듯한 방사형 무늬가 새겨져 있었다. 그 아래에는 읽을 수 없는 글자들이 줄지어 있었는데, 일부는 마치 별자리 모양과 비슷한 형태를 하고 있었다. 계단 벽에 새겨진 별 모양은 실제 밤하늘의 배치와 일치하지 않았지만, 일부 천문학자들은 오래전에 존재했을지도 모르는 별의 위치일 수 있다고 추측했다. 계단은 계속해서 아래로 이어졌고, 탐사대는 몇 시간을 내려갔음에도 끝이 보이지 않았다. 그들은 식량과 장비를 위해 잠시 위로 돌아갔지만, 내려가면서 느낀 기묘한 중력 변화와 귀 속을 울리는 진동을 잊을 수 없었다.

몇 주 뒤, 한 탐험가가 단독으로 이 계단을 끝까지 내려가겠다고 나섰다. 그는 무전기와 충분한 조명을 준비하고, 계단의 수를 세며 내려가기 시작했다. 처음 천 개의 계단까지는 특별한 변화가 없었으나, 그 이후부터는 벽면이 미묘하게 빛을 띠기 시작했다. 그 빛은 불이 아니라, 마치 돌 자체가 은은하게 발광하는 듯한 현상이었다. 더 이상 손전등이 필요 없을 만큼 밝아졌지만, 그 빛은 이상하게도 위쪽으로는 전혀 퍼지지 않았다. 그리고 계단을 돌 때마다, 아래에서 낮고 묵직한 숨소리 같은 음향이 들려오기 시작했다. 그는 그 소리를 '심장박동과 비슷하지만, 더 깊고 더 느린 박자'라고 기록했다. 그러나 내려갈수록 공기가 무겁게 짓눌렀고, 숨쉬기가 점점 힘들어졌다.

어느 지점에 도착하자 계단의 곡선이 갑자기 반대로 바뀌었고, 바닥은 부드러운 흙과 모래로 변했다. 벽에는 이제 조각 대신 거대한 문양들이 나타났는데, 마치 수많은 뿌리가 서로 얽혀 내려가는 형상이었다. 그 중심에는 사람의 눈을 닮은 타원형 무늬가 있었고, 그 '눈'의 동공 부분에는 미세한 구멍이 뚫려 있었다. 그 구멍에서는 바람이 나오는 듯했지만, 바람의 방향은 일정치 않았다. 마치 누군가 계단 아래에서 숨을 내쉬거나 들이마시는 것 같았다. 이 지점에서 그는 무전기를 통해 위쪽의 동료와 연락을 시도했으나, 잡음만 들렸고 이내 완전히 신호가 끊겼다. 그 이후 그의 위치는 알 수 없게 되었고, 무전기는 몇 시간 뒤 계단 입구 근처에서 발견됐다.

이 계단에 대한 전설은 오래전부터 있었다. 마을 노인들은 이 계단을 '끝없는 길'이라 불렀고, 과거에 여러 번 사람들이 내려갔다가 돌아오지 못했다고 말했다. 그중 일부는 계단이 지구 내부 어딘가로 이어져 있다고 믿었고, 또 다른 이들은 다른 차원이나 세계로 통하는 문이라 주장했다. 흥미로운 점은, 매년 특정한 밤에 계단 입구에서 바람과 함께 낮은 울음소리가 들린다는 것이다. 그 울음소리는 한 번 들으면 잊을 수 없을 만큼 서글프고 길게 이어졌으며, 마을 사람들은 그날 밤에는 절대 계단 근처에 가지 않았다. 어떤 이들은 그 소리가 계단 아래로 사라진 이들의 목소리라고 믿었다.

최근 한 과학 연구팀이 이 계단의 구조를 3D 스캐닝으로 조사했다. 그 결과, 계단의 나선형 구조가 지구 자기장의 흐름과 일정하게 맞물려 있었으며, 계단 벽의 광물질은 강한 전자기장을 띠고 있었다. 이는 계단이 단순한 건축물이 아니라, 특정한 목적을 가진 거대한 장치의 일부일 수 있다는 가능성을 제시했다. 계단의 길이는 계산상 최소 7킬로미터 이상일 것으로 추정됐으나, 실제로는 그보다 더 깊을 수 있었다. 연구팀은 아직까지 끝을 발견하지 못했으며, 계단 아래에서 측정되는 진동 패턴이 일정한 주기로 변화한다는 사실만 확인했다. 그리고 이 변화 주기는 마치 어떤 '존재'가 깨어나고 잠드는 리듬과 흡사했다는 점에서, 이 계단은 여전히 그 정체를 알 수 없는 채 미스터리 속에 잠겨 있다.

08

흙 속에서 발견된 알 수 없는 기계

 지질학 조사팀이 오래된 고분 발굴 현장에서 예상치 못한 물체를 발견한 것은 가을비가 내리던 어느 오후였다. 흙더미 속에서 반짝이는 금속 표면이 드러났고, 그것은 단순한 유물이라기보다 마치 현대 기술과 전혀 다른 규격의 정밀한 장치를 연상시키는 형태였다. 겉면에는 녹이 슬지 않은 합금이 빛을 반사하고 있었으며, 표면에 새겨진 선명한 패턴은 기존의 고대 문양이나 산업 시대의 마크와도 전혀 일치하지 않았다. 크기는 성인 남성의 양손으로 감쌀 정도였지만 무게는 예상보다 훨씬 무거웠고, 들었을 때 안쪽에서 무언가 굴러다니는 듯한 묵직한 울림이 전해졌다. 발굴팀은 현장에서 이를 조심스럽게 꺼내 밀봉한 후 연구소로 옮겼고, 현장에서는 이 물체가 나온 위치와 주변 토양의 성분 분석이 즉시 시작되었다. 해당 지층은 약 2,000년 전의 퇴

적층으로 추정되었지만 기계의 보존 상태는 마치 어제 만든 것처럼 완벽했다.

연구소에서의 1차 분석 결과, 이 기계는 인류가 현재 사용하는 어떤 합금 기술과도 맞지 않는 금속 조성으로 이루어져 있었다. 주성분은 철과 니켈이었지만 소량의 미확인 원소가 포함되어 있었고, 이 원소는 지구에서 자연적으로 발견된 사례가 거의 없었다. X-레이 촬영으로 내부 구조를 확인하자 작은 기어와 회로 같은 부품이 복잡하게 얽혀 있었는데, 일부는 마치 살아있는 유기체의 세포 구조를 닮은 정교한 패턴을 가지고 있었다. 특히 기계 한쪽에 붙어 있는 투명한 구체 안에서는 미세한 빛이 맥박처럼 규칙적으로 깜빡였고, 이것이 단순한 장식인지 에너지원인지 여부는 불분명했다. 더욱 이상한 점은 이 기계 표면에 새겨진 기호들이었다. 곡선과 직선이 교차하며 만들어낸 패턴은 기존 언어 체계와 맞지 않았고, 일부는 별자리 배치와 비슷해 보였다. 연구팀은 혹시 이것이 항법 장치나 지도와 관련이 있을 가능성을 제기했다.

시간이 지나면서 이 기계의 정체를 둘러싼 가설이 여러 갈래로 나뉘기 시작했다. 한쪽에서는 이것이 고대 문명이 남긴 고도 기술의 산물일 수 있다고 주장했고, 다른 쪽에서는 외부 문명, 즉 지구 밖에서 온 물체일 가능성을 배제하지 않았다. 기계 내부에서 발견된 미세한 마이크로패턴은 현대 반도체 기술보다 훨씬 정밀했고, 이를 복제하려면 현재 인류의 나노 가공 기술을 뛰어넘는 수준의 장비가 필요했다. 흥미로운 점은 기계 일부가 주변 환경의 온도 변화에 반응해 미세하게 형태를 바꾼다는 것이었다. 마치 생물처럼 '적응'하는 듯한 이 반응은 단순한 금속 구조물이라기보다 하이브리드 형태의 유기-기계 융합체를 연상시켰다.

또한 발굴 당시 함께 수거된 토양 샘플 속에서는 희귀한 미생물 DNA 조각이 검출되었는데, 이 중 일부는 현재 지구 어디에서도 발견되지 않는 계통이었다. 연구원들은 혹시 이 기계가 어떤 생물학적 연구나 실험과 관련이 있었던 것이 아닌가 추측했다. 이 기계의 표면에 묻어 있던 미세한 입자들은 방사성 동위원소를 포함하고 있었고, 이를 통해 대략적인 연대 측정을 시도했지만 결과는 이해할 수 없을 만큼 모순적이었다. 일부 샘플은 불과 수백 년 전의 것으로 나왔고, 또 다른 샘플은 수만 년 전의 값이 나왔다. 이런 불일치는 기계가 오랜 시간에 걸쳐 여러 시기에 걸쳐 사용되었거나, 아예 시간의 흐름과 무관하게 존재했을 가능성을 암시했다.

발굴팀 내부에서는 이 기계를 계속 분석해야 하는지 아니면 보관만 해야 하는지를 두고 격렬한 논쟁이 벌어졌다. 몇몇은 기계의 작동 원리를 파악하면 인류 기술 발전에 혁명적인 변화를 가져올 수 있다고 주장했지만, 다른 이들은 예측할 수 없는 위험을 경고했다. 실제로 연구 도중 기계에서 낮게 울리는 진동이 감지되었고, 이 진동이 발생한 날 인근 전자 장비들이 일시적으로 오작동하는 사건이 일어났다. 전자기파 측정 결과, 기계는 특정한 주파수 대역에서 강력한 신호를 방출하고 있었으며, 이 주파수는 일부 심해 생물의 통신 방식과 유사했다.

이후 몇 차례 더 실험이 진행되었고, 한 번은 실험실 내부에서 뜻밖의 현상이 벌어졌다. 기계 표면의 기호들이 미세하게 재배열되며 새로운 패턴을 형성했고, 그 순간 실험실의 온도가 급격히 떨어졌다. 이 변화는 몇 분 만에 사라졌지만, 이후 분석한 사진 속 기호 패턴은 놀랍게도 고대 천문학 기록에 남아 있는 '잃어버린 별자리'의 배치와 거의 일치했다. 이 사실이 공개되자, 기계가 단순한 기술 장치가 아니라 우주와의 연결 고리를 가진 장치일 가능성이 제기되었다.

결국 이 기계는 현재까지도 완전히 해독되지 않은 채, 극비리에 보관되고 있다. 공식적으로는 '미확인 고대 장치'라는 명칭만이 붙어 있으며, 정확한 위치와 보관 상태는 극소수의 연구자만이 알고 있다. 그러나 여전히 몇몇은 이 기계가 특정 시기에 스스로 작동을 재개할 것이라 믿고 있다. 혹은 이미 작동하고 있지만 그 신호를 인류가 인식하지 못하는 것일 수도 있다. 그리고 만약 그날이 온다면, 그것은 단순히 과거를 밝히는 사선이 아니라 인류가 아직 알지 못하는 또 다른 세계와의 접촉이 될지도 모른다.

4장

하루아침에 사라진 사람들

01
사라진 교실의 학생들

봄비가 부슬부슬 내리던 화요일 아침, 시골 마을의 작은 초등학교는 평소와 다름없이 하루를 시작하고 있었다. 담임교사는 출석부를 들고 아이들의 이름을 한 명씩 부르며 출석을 확인했고, 아이들은 장난스러운 목소리로 대답을 하거나 부끄러운 듯 손만 살짝 들었다. 창밖에서는 흙 냄새가 배어 있는 비 냄새가 교실 안으로 스며들었고, 창문을 타고 흐르는 빗방울 소리가 잔잔한 배경음처럼 깔려 있었다. 그러나 그 평화롭던 풍경은 쉬는 시간이 끝난 뒤 깨지기 시작했다. 다음 수업 종이 울리고 교사가 교실 문을 열었을 때, 자리에 앉아 있어야 할 학생들이 마치 한순간에 증발한 듯 보이지 않았다. 책상 위에는 아직 펴놓은 교과서와 필기도구, 아이들이 남긴 메모와 간식이 그대로 있었고, 의자들은 조금 전까지 누군가 앉아 있었음을 말해주듯 따뜻함을 머금고 있었다. 교사는 순간적으로 장난이라고 생각했지만, 학교 건물 안팎을 샅샅이 찾아도 아이들의 모습은 어디에도 없었다.

이상한 점은 사라진 흔적이 전혀 없었다는 것이었다. 창문은 잠겨 있었고, 복도와 교문 앞의 CCTV에도 아이들이 나가는 장면은 찍혀 있지 않았다. 더 기묘한 건 교실 안 공기가 미묘하게 변해 있었다는 것이다. 마치 전기가 공기를 타고 흐른 듯 희미한 오존 냄새가 났고, 햇빛 대신 희끄무레한 빛이 창문을 통해 들어와 사물의 색을 묘하게 바꾸고 있었다. 책상과 의자, 벽에 부딪히는 빛은 부드럽지만 현실감이 사라진 듯 흐릿했고, 바닥에는 자그마한 발자국들이 한 방향으로 겹겹이 이어져 있었다. 그 발자국은 교실 뒷벽에서 멈췄고, 마치 벽 안으로 들어간 것처럼 더 이상 이어지지 않았다.

학교 측은 즉시 경찰에 신고했고, 마을 사람들과 함께 주변 산과 하천을 수색했다. 그러나 아이들의 흔적은 단 한 점도 발견되지 않았다. 경찰견이 교실 안에서 냄새를 추적하려 했지만, 발자국이 사라진 지점에서 방향을 잃은 듯 허공만 멍하니 바라봤다. 일부 교직원은 사라진 날 교실 한쪽 구석에서 이상한 소리를 들었다고 증언했다. 그것은 멀리서 울려 퍼지는 합창처럼 들렸지만, 음정이 맞지 않고 언어조차 알 수 없는 낯선 발음으로 이어졌다. 다른 교사는 교실 천장이 순간적으로 번쩍이며 짧게 진동하는 것을 봤다고 주장했다. 그러나 그 모든 현상은 너무 짧게 일어나, 제대로 기록할 시간조차 주지 않았다.

 사건은 순식간에 언론에 보도되었고, 전국의 관심이 쏠렸다. 일부 신문은 '마을 전체를 덮친 집단 실종'이라 자극적으로 보도했고, 또 다른 매체들은 '외부 개입 가능성'을 언급하며 각종 추측을 쏟아냈다. 마을 어르신들 중 몇몇은 오래전 이 근처에서 들었던 전설을 꺼냈다. 전설에 따르면, 이 지역에는 매년 몇 차례 하늘과 땅이 잠시 겹치는 순간이 있었고, 그때 선택받은 사람들이 다른 세계로 끌려간다고 했다. 그 '다른 세계'에 갔다가 돌아온 사람은 거의 없었고, 돌아온 소수의 사람들도 아무 기억이 없거나, 기억이 있어도 설명할 수 없는 장면들만 떠올린다고 했다.

사건 이후 교실은 폐쇄되었고, 경찰은 현장을 보존하며 조사를 이어갔다. 그러나 시간이 지날수록 단서는 사라졌다. 아이들이 남긴 필기구와 공책은 종이의 색이 서서히 바래며 부서져갔고, 발견 당시 교실 안에 있던 공기마저 시간이 지나며 평범하게 변했다. 몇 달 후, 사건을 취재하던 한 기자는 중요한 복격남을 입수했다. 그날 아침, 학교 뒤편의 오래된 창고 근처에서 눈부신 빛기둥이 하늘로 치솟는 것을 봤다는 것이다. 그는 그 빛 속에서 아이들의 실루엣을 본 것 같았다고 말했다. 그 증언은 마치 전설 속 '하늘로의 초대'와 정확히 일치했다.

몇 년이 흐른 뒤, 사건과 관련된 한 장의 사진이 인터넷에 유포되었다. 흐릿하고 오래된 흑백 사진 속에는 비슷한 교실 구조와 같은 책상 배열이 있었고, 창문 너머로 희미하게 서 있는 아이들의 형체가 비쳤다. 하지만 가장 섬뜩한 건, 그 사진이 찍힌 날짜가 사건 발생 수십 년 전이었다는 점이었다. 사진 속 아이들의 옷차림과 표정, 그리고 창밖에서 번져오는 빛의 각도까지, 목격자들의 꿈속 장면과 정확히 일치했다. 이는 단순한 실종 사건이 아니라, 오래전부터 되풀이되어 온 어떤 '주기적인 부름'의 한 장면일지도 모른다는 추측을 낳았다.

이 사건은 여전히 풀리지 않은 채 미스터리로 남았다. 마을 사람들은 여전히 비 오는 날이면 창문을 잠그고, 아이들이 혼자 밖에 나가지 않도록 조심했다. 누군가는 그 아이들이 아직 어딘가에서 살아 있을 거라 믿었고, 또 누군가는 그들이 완전히 다른 시간과 공간에서 새로운 삶을 살고 있을 거라 상상했다. 하지만 분명한 건, 그날 이후 교실의 뒷벽을 바라보는 사람은 묘한 불안을 느낀다는 사실이었다. 마치 그 벽이 지금도 누군가를 기다리며, 다시 열릴 준비를 하고 있는 것처럼.

02
텅 빈 채 떠돌던 유람선

짙은 안개가 바다 위를 덮고 있던 새벽, 무인 등대 관리인이 망원경으로 먼 바다를 살피던 중 눈에 띄는 커다란 그림자가 있었다. 처음에는 대형 화물선이 항로를 벗어나 표류하는 줄 알았지만, 점점 다가오는 그 형체는 화려한 장식과 여러 층의 객실 창문이 달린 대형 유람선이었다. 그러나 이상한 점은 선체에서 연기나 불빛이 전혀 보이지 않았고, 갑판 위에도 사람 그림자가 하나도 없었다. 유람선은 마치 무언가에 이끌리듯 느리지만 꾸준하게 해안 쪽으로 다가왔고, 파도 소리와는 다른 미묘한 금속성 진동음이 바람을 타고 들려왔다. 해안 경비대가 즉시 출동해 배에 접근했지만, 불러도 대답은 없었고, 선박의 엔진 소리조차 나지 않았다. 마침내 사다리를 타고 올라간 구조대는 황량하고 고요한 내부와 마주했다.

객실 복도는 깨끗하게 정리되어 있었고, 식당 테이블 위에는 어전히 식시기 덜 끝난 접시와 진이 그대로 놓여 있었나. 수프 그릇에서 김이 살짝 남아 있을 정도로 시간이 얼마 지나지 않은 듯 보였으나, 사람의 기척은 전혀 없었다. 게임룸에서는 카드판 위에 카드가 흩어져 있었고, 무도장에는 마지막 곡의 음표가 멈춘 듯한 음향 장비가 켜져 있었다. 더 이상한 건, 구명정들이 모두 제자리에 있었다는 사실이었다. 배를 버릴 이유도, 비상 상황의 흔적도 없었고, 객실마다 승객들의 짐과 여권, 돈까지 그대로 남아 있었다. 선내 기록을 확인한 결과, 유람선은 사흘 전 출항했고 승객과 승무원 도합 350명이 탑승한 것으로 나와 있었다. 하지만 무선 통신 기록은 출항 직후부터 끊겼고, 기상 상황은 비교적 양호해 배가 조난당할 이유도 없었다.

구조대는 선내를 샅샅이 수색했지만, 사람 대신 발견된 건 설명하기 어려운 몇 가지 이상한 흔적이었다. 일부 객실 벽면에는 손바닥 크기의 불규칙한 금속 얼룩이 붙어 있었고, 그것은 마치 녹이 슬었으나 동시에 빛을 반사하는 성질을 가지고 있었다. 엔진룸에서는 엔진이 멀쩡히 보존돼 있었지만, 연료 게이지가 비정상적으로 급격히 떨어진 흔적이 있었다. 더 기이한 건, 조타실의 항해 기록계가 어느 순간부터 배가 직선 항로가 아닌 완만한 원형 궤적을 그리며 항해한 것을 보여주고 있었다는 점이었다. 그것은 마치 배가 바다 위 한 지점을 중심으로 빙빙 맴돌다 방향을 잃은 듯 보였다.

사건 조사가 이어지는 동안, 몇몇 구조대원은 선내에서 묘한 감각을 느꼈다고 보고했다. 어떤 이는 복도 끝에서 발소리를 들었지만, 그곳에 가보면 아무도 없었다고 했다. 또 다른 이는 갑판 위에서 누군가 자신을 바라보는 시선을 느꼈다고 했고, 일부는 휴대용 무전기가 잡음과 함께 알아들을 수 없는 단어를 송출했다고 말했다. 심지어 한 구조대원은 객실 문을 열었을 때 창문 밖 바다 위에서 빛의 기둥이 솟아오르는 것을 봤다고 증언했다. 그러나 다른 사람들은 그 장면을 전혀 목격하지 못했으며, 빛은 순식간에 사라졌다.

언론은 이 사건을 '바다 위의 유령선'이라 명명하며 대대적으로 보도했다. 신문과 방송에서는 실종 원인에 대해 갖가지 추측이 쏟아졌다. 해적의 습격, 승객들의 집단 탈출, 전염병으로 인한 격리 시도, 심지어 초자연적인 개입까지 다양한 이야기가 나왔다. 일부 해양 전문가들은 선내 벽에 남은 금속 얼룩을 분석한 결과, 알려진 합금이나 해양 부식 패턴과 일치하지 않는다는 점을 지적하며, 이 배가 정체불명의 물체와 접촉했을 가능성을 제기했다.

사건 이후 유람선은 해안 가까운 항구로 예인되어 조사에 들어갔지만, 한 달도 채 지나지 않아 다시 바다로 나가게 되었다. 이유는 알 수 없었지만, 새벽에 갑자기 정박줄이 끊어진 채 유람선이 조용히 항구를 떠났다는 보고가 있었다. 추적에 나선 경비대는 배를 찾지 못했고, 레이더에서도 흔적은 몇 시간 만에 완전히 사라졌다. 그로부터 1년 후, 대서양 한가운데를 지나던 상선이 무인 유람선을 발견했다는 보고가 들어왔지만, 그곳에 도착했을 때 배는 이미 없었다. 목격한 선원들은 공통적으로 "멀리서 들려오는 합창 같은 노래 소리"를 기억한다고 말했다.

이후 바다를 항해하는 사람들 사이에서는 전설 같은 이야기가 퍼졌다. 특정 날씨, 특히 짙은 안개와 잔잔한 바람이 동시에 나타나는 밤이면, 망망대해 어딘가에서 불빛 하나 없이 미끄러

지듯 움직이는 유람선이 나타난다고 했다. 그 배에 오른 사람은 다시 돌아오지 못하고, 대신 그날의 기억은 잊히며, 바다에 대한 설명할 수 없는 두려움만 남는다고 전해졌다. 지금도 해양 무선 주파수에는 때때로 잡음 사이로 낯선 멜로디가 흘러나오고, 그것을 들은 사람들은 한동안 바다에 나가기를 꺼린다고 한다. 이렇게 유람선은 실체를 알 수 없는 채, 바다의 미스터리로 남아 여전히 전 세계 선원들의 뒷이야기 속을 표류하고 있다.

③
영상 속 마지막 순간

영상이 처음 발견된 것은 실종 신고가 접수되고 사흘째 되는 밤이었다. 실종자의 휴대전화가 비에 젖은 채 하천 둔치에서 회수되었고, 자동 백업 폴더 속에 '마지막'이라는 이름의 파일이 남아 있었다. 파일을 연 사람들은 처음에 평범한 브이로그를 기대했지만 곧 화면과 소리가 묘하게 어긋나 있다는 사실을 눈치챘다. 시간 코드가 분 단위로 미세하게 흔들렸고, 마이크에는 바람도 파도도 아닌 낮은 맥동음이 배경처럼 깔렸다. 그 박동은 아홉 번씩 묶여 길이가 달라졌고, 그때마다 화면의 노이즈가 얇게 일어나 별가루처럼 흩어졌다. 보는 이의 심장박동이 어느 순간 그 리듬을 따라가기 시작했다.

화면 속 장소는 강변 산책로와 이어진 공원 주차장이었다. 가로등 불빛 아래로 실종자가 혼잣말을 하며 걸었고, 고개를 들어

하늘을 두세 번 훑어보았다. 먼 곳에 안개 같은 빛이 서 있었고, 카메라가 오토포커스를 잡을 때마다 주변의 소리가 반 박자씩 늦게 따라왔다. 주차장 바닥의 흰 차선은 길게 늘어나더니 물결처럼 접혔다. 그 순간 화면 구석에서 반투명한 그림자가 스쳐 지나갔다. 확대하면 사람과 닮았지만 얼굴 대신 매끈한 표면 위로 빛의 무늬가 어른거렸다.

영상 3분 27초에서 이상 현상은 더 노골적이 되었다. 멀쩡하던 가로등 하나가 순서대로 어두워지며 주위를 원형으로 둘러쌌고, 실종자의 그림자 길이가 찰나마다 세 방향으로 갈라졌다. 프레임을 멈추면 바닥 타일 사이사이로 얇은 점선이 생겨났다가 사라졌고, 그 점선 간격은 3/4박자처럼 규칙적으로 늘었다 줄었다 했다. 마이크에는 마치 멀리서 들려오는 합창 같은 음괴가 올라왔다가, 곧 숫자처럼 들리는 짧은 음절로 부서졌다. 누군가의 발걸음 소리가 카메라 뒤에서 들렸지만, 렌즈는 끝내 그 주인을 잡지 못했다. 화면의 원근은 설명할 수 없는 방식으로 뒤틀렸고, 가까운 것이 멀어지고 먼 것이 눈앞으로 다가왔다.

분석팀은 오디오를 분리해 스펙트로그램을 그렸다. 평범한 주파수 띠 사이에 낯선 선들이 격자처럼 겹쳐 있었고, 확대하자 그것은 강줄기와 골짜기를 닮은 지형선으로 변했다. 그 선은 실제 지도의 어느 곳과도 일치하지 않았지만, 이전에 보고된 여러 사건의 좌표를 연결하면 거의 같은 패턴이 나왔다. 실종자는 그때 "소리의 방향이 바뀐다"라고 속삭였고, 마이크에는 들리지 않는 또 다른 목소리가 간섭처럼 묻어났다. 해석할 수 없는 그 음성은 문장으로 들리지 않았는데도 의미가 있었다. 많은 이들이 동시에 같은 말이 떠올랐다고 기록했다.

"아직 때가 아니다."

마지막 12초는 반복해서 봐도 매번 처음 보는 장면처럼 낯설었다. 화면 중심에 물에 젖은 유리처럼 얇은 링이 생겼고, 주변의 공기가 그쪽으로 미끄러지듯 빨려 들어갔다. 실종자가 한 발을 내딛는 순간 바닥과 발 사이에 미세한 공백이 생겼고, 초점이 발뒤꿈치에서 공백으로, 공백에서 허공으로 이동했다. 프레임 레이트는 24에서 9로 떨어졌고, 각 프레임 사이에 없는 프레임의 잔영이 나타났다. 마지막 선명한 프레임에는 실종자의 발바닥이 지면에서 손가락 두 마디 높이로 떠 있었다. 바로 다음 프레임에서 화면은 텅 비었고, 바람 소리와 맥동음만 남았다.

사후 분석은 수없이 반복되었다. 파일의 길이는 기기마다 9분 9초 혹은 9분 0초로 달랐고, 복사본들 사이에서 시간 코드가 제각각 뛰었다. 어떤 사본에서는 마지막 프레임 구석에 관찰자들의 어깨가 비쳤고, 그 뒤로 같은 모습이 끝없이 축소되어 중앙으로 빨려들었다. 파일을 재생하는 컴퓨터는 자주 정확히 아홉 번 오류를 내고 열 번째에야 정상 재생을 허용했다. 밤중에 혼자 영상을 끝까지 본 몇몇은 다음 날 아침 심한 어지럼증과 이명, 그리고 하얀 복도와 푸른 회랑을 걷는 꿈을 호소했다. 그들 중 한 명은 재생 도중 화면 밖에서 다가오는 발걸음 소리를 들었다고 일기에 남겼다. 그는 그 소리를 기록하려던 순간, 문밖 복도에 아무도 없었다는 사실을 적었다.

결국 영상은 사건의 해답이 되지 못했다. 그러나 그것은 하나의 단서이자 또 다른 문이라는 사실만은 분명했다. 누군가는 이 파일이 창이 아니라 거울이라고 말했다. 마지막 순간은 실종자의 끝이 아니라 누군가의 초대였고, 화면 저편에서 누군가는 지금도 우리를 보고 있다고 썼다. 밤이 깊어지는 정확한 시각에 영상의 맥동과 도시의 가로등이 미세하게 동조된다는 보고가 이어졌다. 그리고 우리는 알게 되었다. 마지막 프레임의 공백은 정지화면이 아니라, 발걸음이 통과한 자리라는 것을. 다음 발자국 소리를 듣는 순간, 카메라는 다시 녹화 버튼 없이도 스스로 켜질 것이라는 것을.

04
눈 위에서 끊긴 발자국

한겨울, 마을 외곽의 깊은 산속은 평소와 다름없이 고요했지만, 그날은 기묘한 정적 속에서 이상한 소문이 번지고 있었다. 새벽녘 사냥을 나갔던 한 사내가 산비탈 눈밭 위에서 이상한 발자국을 발견했다고 했다. 처음에는 사람의 것처럼 보였지만, 발자국의 간격이 너무 넓어 정상적인 걸음걸이로는 불가능해 보였고, 눈이 깊게 쌓였음에도 발자국 속 눈은 전혀 눌린 자국이 없었다. 더 이상한 건 발자국이 일정한 방향으로 이어지다가, 절벽도 계곡도 아닌 평평한 눈밭 한가운데서 갑자기 사라졌다는 점이었다. 마치 발을 디딘 순간, 공중으로 증발해버린 것처럼 발자국은 거기서 뚝 끊겨 있었고, 이후로는 아무 흔적도 남아 있지 않았다. 사내는 황급히 마을로 내려와 이 사실을 알렸고, 곧 사람들은 호기심과 불안을 안고 그 현장으로 향했다.

현장에 도착한 마을 사람들은 모두 발자국을 둘러싸고 한동안 아무 말도 하지 못했다. 발자국의 모양은 분명 신발을 신은 인간의 것이었지만, 발끝이 뾰족하게 길게 뻗어 있었고, 발뒤꿈치 자국이 거의 보이지 않았다. 일부는 "저건 사람 발이 아니다"라고 속삭였고, 다른 이들은 혹시 발자국을 남긴 자가 무거운 짐을 짊어지고 점프하듯 걸었다고 추측했다. 하지만 눈 위에 남은 자국은 바람도 햇빛도 받지 않은 듯 또렷했고, 주변에는 다른 어떤 동물의 발자취도 없었다. 더 기이한 점은 발자국의 첫 번째 지점이 마치 허공에서 떨어져 눈 위에 발을 내딛은 것처럼, 앞뒤 연결이 없이 갑자기 시작된다는 사실이었다. 마치 눈 속 깊은 곳에서 위로 솟아오른 후 걸어간 것처럼 보였지만, 그에 대한 설명은 누구도 내놓을 수 없었다.

마을에서는 이 발자국을 두고 여러 해석이 오갔다. 오래전부터 전해 내려오던 설화 속에는 '하얀 산의 사자(使者)' 이야기가 있었다. 그 사자는 겨울이 가장 깊어지는 날, 인간 세상으로 내려와 몇 명을 데리고 다시 눈 속으로 돌아간다고 했다. 그들이 사라진 자리는 발자국이 남지 않는 것이 특징이라고 전해졌는데, 이번 발자국 사건은 그 전설과 이상하게도 일치했다. 나이 많은 노인들은 젊은 사람들에게 설화가 결코 꾸며낸 이야기가 아니라고 말했고, 일부는 최근 마을 근처에서 들렸다는 낮고 길게 이어지는 '울음 같은 소리'와 연관지어 생각했다. 어떤 이는 이 발자국이 외부에서 온 존재의 흔적일 수 있다고 주장했지만, 그 의견은 곧 근거 없는 억측이라며 묻혀버렸다.

며칠 후, 발자국이 사라진 지점 근처에서 또 다른 이상 현상이 보고됐다. 사라진 발자국 지점 주변의 눈이 미묘하게 녹아 있었는데, 그 녹은 표면은 얼음처럼 단단히 굳어 있었다. 마치 강한 열원이 순간적으로 닿아 눈이 녹았다가 바로 얼어붙은 듯한 모습이었다. 그 표면에서는 희미하게 금속성 냄새가 났고, 작은 은빛 입자들이 반짝이며 박혀 있었다. 입자를 채취해 본 사람은 그것이 돌이나 얼음이 아니라, 부서진 금속 조각에 가까웠다고 말했지만, 정확한 성질은 알 수 없었다. 일부는 이 금속이 발자국의 주인과 관련이 있을 것이라 추측했으나, 곧 강한 눈보라가 몰아쳐 현장은 완전히 묻혀버렸고, 더 이상의 조사는 불가능해졌다.

이후 마을 사람들은 한동안 신속 출입을 자제했다. 하지만 이상한 일은 거기서 끝나지 않았다. 사건이 있던 날 이후, 몇몇 주민들은 밤마다 집 주변 눈밭에 짧게 이어진 발자국을 발견했다고 주장했다. 그 발자국은 늘 몇 걸음만 남아 있다가 사라졌고, 이상하게도 그 방향은 언제나 마을 깊숙한 곳이 아닌, 산속을 향하고 있었다. 어떤 이는 발자국을 따라가 보았으나, 몇 분도 지나지 않아 사방이 뿌옇게 흐려지고 방향 감각을 잃어버렸다고 했다. 그가 마을로 돌아왔을 때는 이미 해가 저물어 있었고, 자신이 그동안 어디를 다녀온 것인지 기억이 나지 않는다고 했다.

이 이야기는 시간이 지날수록 전설과 뒤섞여 더욱 기이하게 변해갔다. 누군가는 그 발자국이 눈 위에서 사라진 것이 아니라, '다른 차원'으로 이어진 것이라고 믿었고, 또 누군가는 그 흔적을 남긴 존재가 아직도 산속 어딘가에서 마을을 지켜보고 있다고 말했다. 진실이 무엇이든, 그 해 겨울의 발자국 사건은 오랫동안 사람들의 기억 속에서 지워지지 않았고, 눈이 쌓이기 시작하는 계절이 오면 여전히 그 이야기가 화로 옆에서 조용히 속삭여졌다.

그리고 몇 년 뒤, 그 현장을 다시 찾은 탐험가들이 눈 위에서 이상한 패턴을 발견했다. 그것은 발자국이 아닌, 원과 선이 반복되는 거대한 문양이었고, 한눈에 보기에도 단순한 자연의 흔적이 아니었다. 문양의 중심에는 작은 금속 조각이 박혀 있었으며, 그것은 예전에 사라진 발자국 지점에서 발견된 입자와 성질이 거의 동일했다. 이로 인해 사람들은 옛 사건과 그 문양이 연결되어 있다고 믿었고, 혹자는 그것이 이 세상 밖의 존재가 남긴 '신호'일 수도 있다고 주장했다. 그러나 그 문양 역시 얼마 지나지 않아 눈에 덮여 흔적도 없이 사라졌고, 그 겨울의 비밀은 다시 깊은 침묵 속으로 묻혀버렸다.

05
닫힌 문 너머의 사라진 그림자

 닫힌 문은 호텔 복도 끝, 오래된 샹들리에 불빛이 닿지 않는 음영 속에 서 있었다. 복도의 공기는 미묘하게 차가웠고, 가까이 다가갈수록 묘한 압박감이 어깨를 누르는 듯했다. 객실 점검을 위해 직원이 노크를 하자, 안에서는 아무 대답도 없었다. 그 순간, 멀리서 엘리베이터 문이 닫히는 소리가 들렸지만 발자국은 들리지 않았다. 카드키를 대도 문은 잠긴 채로 꿈쩍도 하지 않았고, 이상하게도 손잡이는 사람 체온처럼 따뜻했다. 직원 중 한 명이 문틈 아래를 들여다보다가 숨을 삼켰다. 희미한 그림자가 천천히 움직이고 있었는데, 그 형태는 사람 같으면서도 뭉개진 물결처럼 일렁였다.

 강제로 문을 열자, 차가운 바람이 방 안에서 밀려나왔다. 실내 조명은 켜져 있었지만 색이 약간 푸른빛을 띠었고, 그림자가 생기지 않는 이상한 조도였다. 침대 시트는 마치 청소 직후처럼 반듯했고, 테이블 위에는 아무것도 없었으며, 옷장과 욕실 역시 비어 있었다. 창문은 안쪽에서 잠겨 있었고, 밖으로 보이는 것은 5미터 아래의 주차장뿐이었다. CCTV를 돌려봤지만 해당 인물이 방에 들어온 장면 이후 기록은 끊겨 있었고, 복도 카메라에는 그가 나온 흔적이 전혀 없었다. 마치 영상에서 존재 자체가 지워진 것 같았다.

조사 과정에서 수사관들은 눈에 띄지 않는 이상한 흔적들을 발견했다. 벽 한쪽에는 마치 고열이 순간적으로 스친 듯 미세하게 탄화된 자국이 있었고, 그 부분을 두드리면 금속성의 울림이 났다. 침대 위에서는 미세한 금속 가루가 발견됐는데, 분석 결과 지구상에서 보기 드문 희귀 합금이었고, 전류를 띠고 있으면서도 발열은 전혀 없었다. 손바닥에 올려놓으면 심장 박동처럼 일정한 진동이 느껴졌고, 마치 미세한 신호를 보내는 듯한 파동이 퍼졌다. 담당 감식관은 "살아있는 금속 같다"는 말을 내뱉었지만 곧 이를 부정했다.

며칠 후, 호텔 내부 보안팀이 폐쇄 구역에서 감지기를 설치하던 중 기묘한 현상을 겪었다. 방 안쪽에서 전파 간섭이 발생해 무전기와 휴대전화가 동시에 먹통이 되었고, 바닥에 설치한 센서가 '무게 0'이라는 불가능한 수치를 기록한 것이다. 그 순간

방 안에서 낮게 울리는 '쿵' 소리가 들렸고, 이어 벽면을 따라 미세하게 번쩍이는 빛줄기가 수초간 움직이다가 사라졌다. 장비 담당자는 그 빛이 마치 실루엣을 가진 생물처럼 움직였다고 진술했지만, 기록 장치에는 아무것도 찍히지 않았다.

며칠 뒤, 호텔 리모델링 작업 도중 벽을 철거하던 인부가 경악할 만한 것을 발견했다. 벽 내부, 콘크리트 안쪽에 커다란 손자국이 찍혀 있었던 것이다. 그것은 바깥에서 안쪽이 아니라, 안쪽에서 바깥으로 밀어낸 듯한 방향이었다. 손가락은 사람보다 훨씬 길었고, 손바닥에는 깊게 패인 선들이 방사형으로 뻗어 있었다. 인부 중 한 명은 손자국을 바라보는 순간 벽 속에서 '쿵' 하는 둔탁한 소리를 들었고, 그 울림이 마치 멀리서부터 서서히 다가왔다가 사라지는 것 같았다고 말했다.

이 사건은 곧 호텔에 얽힌 오래된 전설을 떠올리게 했다. 수십 년 전부터 '경계선의 방'이라고 불린 곳이 있었는데, 특정한 날 밤 그 방에 머문 사람은 현실에서 사라지고 '그림자 너머의 땅'으로 끌려간다는 이야기였다. 운 좋게 돌아온 사람들은 모두 시력이나 청각에 이상을 겪었고, 밤마다 문틈에서 자신을 바라보는 형체 없는 그림자를 보았다고 말했다. 이 전설은 사람들 사이에서 속삭이며 퍼졌고, 사건 이후 방을 보려는 호기심 많은 사람들의 발길이 이어졌다.

그러나 사건은 거기서 끝나지 않았다. 몇 달 뒤, 한 청년이 호기심에 이 방에 무단으로 들어갔다가 다음 날 아침 자취를 감췄다. 그의 휴대전화에는 마지막으로 "문 너머에 누군가 서 있다"는 메시지가 남아 있었다. 그가 사라진 뒤 방 바닥에는 얇게 번진 얼룩이 발견됐는데, 그것은 발자국처럼 보였으나 발끝이 아닌 뒤꿈치부터 찍혀 있었다. 그리고 보행 방향이 일반적인 전진이 아닌, 마치 뒤로 걸어간 듯 반대였다. 전문가들은 이를 실험으로 재현하려 했지만, 정상적인 인체 구조로는 불가능했다.

지금도 호텔은 영업 중이지만 그 방은 굳게 폐쇄돼 있다. 창문은 불투명하게 가려졌고, 문 앞에는 낡은 카펫이 덮여 있다. 그러나 직원들은 여전히 사건 날짜가 돌아오면 복도 끝 CCTV에 기묘한 형체가 포착된다고 한다. 그것은 사람과 비슷하지만 어깨선이 비정상적으로 길고, 발소리가 전혀 없으며, 카메라 앞에서 잠시 서 있다가 시시히 사라진다. 닫힌 문 너머에 무엇이 있는지는 아무도 모르지만, 모두가 느끼고 있었다. 그 존재는 언젠가 문을 열 날을 기다리고 있다는 것을.

06
역 안에서 멈춘 기차

한 지방 도시의 오래된 기차역, 새벽녘 첫 기차가 플랫폼에 멈췄을 때 역무원은 평소와 다른 기묘한 정적을 느꼈다. 기차는 예정된 시간보다 3분 일찍 도착했지만, 엔진 소리도 희미했고 객차 창문 너머로 사람 그림자가 전혀 보이지 않았다. 플랫폼 위에는 바람만 불고 있었고, 안내방송도 작동하지 않은 채 멈춰 있었다. 역무원이 조심스럽게 기차 문을 열었을 때, 내부는 마치 시간이 멈춘 듯한 풍경이었다. 좌석에는 신문이 펼쳐져 있었고, 커피가 반쯤 남아 김이 사라지지 않은 채 놓여 있었으며, 아이 장난감이 바닥에 떨어져 있었다. 그러나 승객은 한 명도 없었고, 기관실에도 기관사는 없었다. 더 놀라운 건 객차 문이 안쪽에서 잠겨 있었는데, 그것이 어떻게 열렸는지는 아무도 설명할 수 없었다. 이때부터 '역 안에서 멈춘 기차' 사건은 시작되었다.

역무원은 즉시 역무실로 돌아가 경찰에 연락했으나, 무전기와 유선 전화 모두 잡음만 섞인 채 연결되지 않았다. 기자 자체의 통신 장비도 마찬가지였다. 조사팀이 도착할 때까지 역과 주변 마을은 일종의 '통신 차단 구역'처럼 고립돼 있었고, 시계조차 미세하게 느려지는 현상이 목격됐다. 경찰과 철도 관계자들이 기차를 수색했지만, 객차에는 승객의 흔적만 남아 있었을 뿐 그들의 행방은 어디에서도 찾을 수 없었다. 더 기이한 점은 승객 명단과 실제 객차에 남은 물품이 일치하지 않았다는 것이다. 명단에는 54명이 타고 있었지만, 물품의 양은 마치 60명 이상이 타고 있었던 것처럼 보였다. 짐칸에는 주인이 없는 여행가방들이 여러 개 있었고, 그 안에는 여권, 사진, 옷가지들이 가지런히 들어 있었다. 마치 누군가 급하게 떠나면서도 짐은 차에 남겨둔 듯한 흔적이었다.

목격자 증언은 혼란스러웠다. 인근 마을에서 역을 바라본 주민은 기차가 들어오기 전 갑자기 안개가 끼었고, 그 안개 속에서 희미하게 빛이 깜빡였다고 말했다. 또 다른 이는 기차가 플랫폼에 들어서기 직전, 마치 투명한 막 같은 것이 역과 선로를 감싸는 걸 보았다고 주장했다. 그러나 역 근처 CCTV 영상은 모두 해당 시각에 화질이 심하게 깨져 있었고, 일부 영상은 재생조차 되지 않았다. 오직 한 대의 카메라만이 잠깐 작동했는데, 화면 속 기차는 정상 속도로 들어왔으나 프레임 속 사람들이 점점 흐릿해지다 완전히 사라졌다. 전문가들은 이를 영상 오류라 했지만, 데이터 분석 결과 해당 부분만 전자기 간섭이 비정상적으로 높게 측정됐다. 이는 단순한 기술적 결함이 아니라 외부 요인에 의한 신호 왜곡 가능성을 시사했다.

기차 내부 조사는 더 이상한 결과를 보여줬다. 좌석 밑과 창틀, 손잡이 등에서 미세한 금속성 가루가 발견됐는데, 이는 일반 철도 부품에서 나올 수 있는 금속가루와는 성분이 달랐다. 가루는 고순도의 희토류 금속을 포함하고 있었고, 방사능 수치가 아주 약하게 검출됐다. 또한 일부 좌석 천에는 높은 열에 노출된 흔적이 있었지만 불에 탄 냄새는 전혀 나지 않았다. 마치 강한 에너지에 순간적으로 스쳐간 듯한 자국이었다. 열화상 카메라로 촬영한 결과, 기차의 몇몇 구역은 여전히 미약한 열기를 품고 있었는데, 특히 그 위치는 승객이 사라지기 전 마지막으로 앉아 있었을 가능성이 높은 자리였다. 이를 두고 조사팀은 '기차 안 어딘가에서 갑작스러운 변이 현상이 일어났을 가능성'을 배제하지 않았다.

사건이 알려지자 주변 지역에는 각종 소문이 퍼졌다. 일부는 기차가 '다른 시간대'로 미끄러져 들어갔다고 믿었고, 어떤 이는 '평행세계로의 이동'이라고 주장했다. 또 다른 사람들은 역 부근이 오래전부터 기이한 사건이 잦았다는 점을 지적했다. 실제로 30년 전에도 같은 역에서 한 노인이 기차를 기다리다 흔적도 없이 사라진 기록이 있었다. 이 기록에는 당시에도 '갑작스러운 안개'와 '시계의 시간 지연' 현상이 있었다는 보고가 남아 있었다. 이 두 사건의 공통점은 사라진 사람들의 행방이 끝내 밝혀지지 않았고, 남겨진 물건들이 시간이 멈춘 듯 보존되어 있었다는 것이다. 마을 주민들은 그 이후 역 주변을 기피하기 시작했고, 사건이 벌어진 날에는 근처를 아예 통행하지 않았다.

정부와 철도청은 사건 직후 역을 폐쇄하고, 기차를 비밀리에 다른 시설로 옮겼다. 그러나 이를 목격한 몇몇 관계자는 '기차를 옮기는 도중, 객차 창문에 잠깐 사람 그림자가 비쳤다'고 증언했다. 그 그림자는 마치 유리 너머에서 천천히 걸어가는 듯 보였지만, 실제 기차 안에는 아무도 없었다. 이후 기차는 공식 기록에서 삭제됐고, 역도 철거됐다. 하지만 기차가 사라진 자리를 촬영한 위성 사진에는 이상하게도 해당 부지가 몇 달 동안 계속 흐릿하게 찍혔다. 이는 구름이나 날씨 때문이 아니라, 해당 좌표 자체에서 빛이 비정상적으로 산란되는 현상 때문이었다는 분석이 나왔다. 이러한 이유로, 지금도 일부 사람들은 '그 기차는 아직 어딘가에서 움직이고 있다'고 믿고 있다.

오늘날 '역 안에서 멈춘 기차' 사건은 미해결 미스터리로 남아 있으며, 사건 현장을 기억하는 사람들은 점점 줄어들고 있다. 하지만 가끔씩 철로를 따라 걷는 등산객이나 탐험가들이 플랫폼 근처에서 기차 경적 소리를 들었다고 말한다. 그 소리는 녹슨 철이 울리는 듯 낮고 길게 이어졌으며, 기차 바퀴가 레일 위를 구르는 진동까지 느껴졌다고 한다. 그러나 소리가 들린 방향으로 가 보면, 그곳에는 아무것도 없고, 레일조차 끊겨 있었다. 마치 다른 세계의 기차가 잠시 우리 세계와 겹쳐져 지나간 것처럼, 그 소리는 서서히 멀어지다가 완전히 사라졌다. 이 모든 현상은 사건이 단순한 실종이 아니라, 우리가 아직 알지 못하는 무언가가 개입한 결과일지도 모른다는 불안한 여운을 남겼다.

⑦ 달력에서 지워진 하루

새벽 첫 방송이 나오기 전, 사람들은 휴대전화 날짜가 하루를 건너뛴 것을 발견했다. 벽에 걸린 달력의 그 칸만 하얗게 비어 있었고, 잉크가 번진 흔적이 남아 있었다. 은행 서버는 전날 거래 기록이 없다고 했고, 계좌 내역에는 공백이 생겼다. 자동차 블랙박스는 해가 지기 직전 장면에서 바로 다음 날 아침으로 넘어갔고, 편의점 영수증 시간은 0시 근처에서 빙빙 돌다 끊겼다. 도시의 가로등은 세 번, 네 번, 다시 세 번의 간격으로 깜빡였다. 마치 "오늘은 없다"는 신호를 공중에 새겨 넣은 듯 보였다.

아침 회의에서는 모두가 이 '구멍'에 대해 말했다. 하루가 사라졌는데 몸은 하루를 보낸 듯 피곤했다. 한 사람은 운동 앱에 거리는 기록됐지만 날짜가 없다고 했고, 또 다른 이는 아이 공책에 숙제 검사 표시가 있었지만 누가 했는지 기억이 나지 않는다고 했다. 시청 외벽 대형 시계는 9시 09분에서 초침 그림자만 길게 늘어져 있었고, 분침은 세 번 쓰다듬은 듯한 자국이 있었다. CCTV는 그 구간이 모자이크처럼 흐려졌고, 사람 모습이 걷다 투명해졌다 다시 나타났다. 그 순간에만 바람 소리가 사라졌다 돌아왔다. 도시 전체가 잠시 숨을 고른 듯한 울림이 번졌다.

바다는 물때표와 달리 한 박자 늦게 밀려왔다. 부두의 밧줄은 바람도 없는데 세 박마다 살짝 당겨졌다 풀렸다. 라디오를 틀면 어떤 주파수든 낮고 묵직한 맥동이 세 번, 네 번, 세 번 반복됐다. 학교 운동장의 사방치기 칸은 밤새 누군가 한 칸을 더 그린 듯 길어져 있었다. 오전 내내 그림자의 길이는 계산과 맞지 않았고, 정오의 태양 위치도 0.3도 뒤로 밀린 것이 관측됐다. 고양이 귀는 보이지 않는 소리에 맞춰 움직였고, 사람들보다 먼저 사라진 하루의 윤곽을 감지하는 듯했다.

기록을 찾으니 시청 지하 기록보관소의 날짜 대장은 해당 칸에서만 서로 달라붙어 떼어낼 수 없었다. 종이를 긁어낸 가루는 회색이 아니라 은빛으로 반짝였다. 전력 사용량 그래프는 그 구간에서 부드러운 언덕 모양을 그리다 평평해졌다. 서버 접속 기록은 IP 대신 '3·0·2' 숫자가 순서를 바꿔가며 반복됐다. 유일하게 남은 오래된 아날로그 카메라는 그 날 자정 즈음 달력 종이가 스스로 들썩였다 다시 붙는 모습을 찍었다. 그 틈 사이에는 종이와 공기가 빛막으로 봉합되는 장면이 얼룩처럼 남아 있었다.

사람들의 증언은 더 이상했다. 어떤 이는 그날 저녁 부모님 생일잔치를 했고 케이크 초를 불었다고 했다. 하지만 사진 속 사람들은 빈 접시만 앞에 두고 있었다. 기차를 탔던 이는 목적지에 도착하자 역이 철거 중이라는 안내판을 봤다고 했다. 한 여성은 밤 9시 09분에 온 음성 메시지를 들었는데, 재생 전에 '지금은 아니다'라는 목소리가 먼저 울렸다. 녹음 파일에는 첫 두 음절이 사라지고 네 음절만 남아 있었다. 몇몇은 꿈에서 그 하루를 다시 살았지만, 깨어나면 입 안에 바닷물과 금속 냄새가 섞인 맛이 남았고, 주머니에서는 처음 보는 은빛 점이 나왔다.

복구를 위해 도시는 사라진 하루를 흉내 냈다. 정오 사이렌을 아홉 번 울리고, 시청 종각의 분침이 한 박자 길게 멈추게 했다. 광장 전광판에는 사라진 날의 뉴스 제목을 띄우고, 버스 시간표 빈 칸에 임의 시간을 넣었다. 시민들은 그 시간에 했어야 할 행동을 그대로 재연했다. 그러자 하늘이 얇은 필름처럼 접히고 햇빛이 한 단계 낮아졌다. 도시 와이파이 목록에 보이지 않던 이름이 나타났다가 사라졌고, 휴대전화에는 미수신 문자들이 한꺼번에 나타났다 사라졌다. 광장 한 구석의 사람 한 명이 발끝부터 흐려졌다 돌아왔으며, 그의 시계는 하루를 잃은 대신 초침 그림자에 가는 선이 하나 더 생겼다.

그 후 며칠간, 사라진 하루와 관련된 자잘한 징후가 이어졌다. 어떤 사람은 매일 저녁 같은 시간, 손목 그림자가 아주 미세하게 두 겹으로 겹친다고 말했다. 상점 진열대의 시계 중 하나는 이유 없이 매주 같은 요일, 같은 시각에 분침이 멈췄다. 해안의 등대 불빛은 9분마다 짧게 꺼졌다 다시 켜졌고, 호텔 302호는 예약이 들어와도 투숙객이 없는 채로 방이 사용된 흔적만 남았다. 이 작은 이상들은 마치 지워진 하루가 여전히 도시 주변을 서성이며 무언가를 기다리고 있는 듯했다.

그날 이후 달력의 빈 칸은 더 이상 하얗지 않았다. 빛에 비추면 얇은 동심원 무늬가 아홉 겹 숨어 있었다. 도시의 시계들은 가끔 1분을 건너뛰었지만 모두 같은 박자를 맞췄다. 밤이 되면 가로등은 세 번, 네 번, 세 번 깜빡였고, 통신사 서버는 메시지가 없을 때마다 '여기는 문이 아니다'라는 글자를 오류 로그에 남겼다. 해안의 신호, 페히의 시계, 호텔 302호 분짐 그림자가 서로 알지 못하는 사이에 같은 박자로 맞아떨어졌다. 사람들은 알게 됐다. 그 하루는 사라진 것이 아니라 옆으로 밀려나 있었다는 것을. 언젠가 다시 돌아와 우리 곁을 지나갈 것이며, 그때 우리는 그 빈칸에 발을 들일 수도, 그 빈칸이 우리를 삼킬 수도 있다는 것을. 그리고 달력을 넘길 때 손끝에서 느껴지는 미세한 전율이 바로 그 약속의 복사본이라는 것을.

08
닫히지 않은 방문

 그 문은 처음부터 애매하게 열려 있었다. 꼭 닫히지도, 활짝 열리지도 않은 채, 손가락 두 개가 들어갈 만큼의 틈을 남기고 있었다. 그 사이로 알 수 없는 공기가 천천히 드나들었고, 복도 끝의 희미한 형광등은 그 앞에서만 유독 깜박였다. 문틀에는 마치 단단한 금속이 거친 표면을 스치고 지나간 듯, 일정한 간격의 흠집이 남아 있었다. 체인락은 걸려 있지 않았지만, 스스로의 무게를 무시한 채 현악기 줄처럼 미세하게 떨리고 있었고, 그 떨림은 벽시계의 초침과 맞아떨어지며 기묘한 박자를 만들었다. 그 박자에 맞춰 복도 끝까지 번져 가는 냄새가 바뀌었다. 비 오는 날의 먼지 냄새, 막 닦은 유리 냄새, 오래된 전기장판에서 배어 나오는 미묘한 열기 냄새가 차례로 스쳤다.

 사람들은 처음엔, 주인이 전날 밤까지 전화를 받았고 현관 매트에 반달 모양의 먼지자국이 남아 있는 걸 보고, 외출 준비를 하다 나간 거라 짐작했다. 하지만 신발장은 짝이 맞는 신발들로 가지런히 채워져 있었고, 여분 열쇠도 그대로였다. 거실 테이블 위 머그컵에서는 아직 미묘하게 따뜻한 향이 났으며, 전자레인지 화면은 시간을 되감는 표시를 번갈아 보여줬다. 냉장고에 붙은 메모에는 "내일 오전 열쇠공 연락"이라고 네 번 덧써 있었는데, 마지막 줄만 필압과 방향이 어딘가 어긋나 있었다.

CCTV에는 새벽 3시에서 4시 사이 아무도 지나가지 않았지만, 복도의 길이가 아주 미세하게 늘었다 줄었다를 반복했다. 그 변화의 주기는 문틈에서 나오는 바람과 딱 맞아떨어졌다. 문 아래를 청음기로 대어보니 낮고 길게 세 번 울린 뒤 짧게 네 번 쉬는 숨 같은 소리가 났다. 그 음이 복도 끝 빨간 비상등 덮개를 흔들었고, 계단참 소화전 유리창에는 동그란 물방울 무늬가 스쳐갔다.

문을 밀면 열릴 듯했지만, 곧 안쪽에서 같은 힘이 되돌아왔다. 경첩엔 기름이 충분했는데도, 걸음을 옮길 때마다 금속성이 묘하게 울렸고 그 울림은 반 박자씩 늦게 따라왔다. 휴대폰 불빛을 틈 안으로 비추면 먼지가 공중에 뜨지 않고 점처럼 고정되어 있었고, 보는 각도에 따라 점들의 배열이 바뀌었다. 종이 조각을 던지면 문턱에서 멈췄다가 옆으로 미끄러져 타일 금이 간 자리에서 잠시 머물렀다.

 방 안으로 들어가려는 모든 시도는 이상하게도 되돌아왔다. 문턱을 넘는 순간, 귀 속의 소리가 달라지고 심장이 한 박자 늦게 뛰는 기분이 들었다. 바닥의 먼지는 바깥이 아니라 안쪽으로 휘말려 들어갔고, 거실 시계는 9시 09분에서 멈춘 채 초침만 느리게 거꾸로 움직였다. 식탁 위 유리컵 가장자리에 박혀 있던 은빛 가루는 숨을 멈추고 손가락으로 가리킬 때만 조금씩 움직였다.

 어떤 사람은 그 틈에서 바람이 아닌 합창 같은 숨소리를 들었다고 했다. 또 다른 사람은 통화가 끊기기 직전 들었던 낮은 울림이 이 문틈에서 새어 나오는 음과 같았다고 말했다. 문 앞에 두었던 아이의 장난감 자동차는 다음 날 방향이 바뀌어 있었고, 바퀴 자국은 계단참까지 이어졌다가 사라졌다. 도어뷰로 본 복도는 실제보다 넓게 보였고, 바닥 무늬가 사라졌다가 돌아오는 장면이 반복됐다. 밤이 되면 문틈 속 어둠은 마치 색이 아니라 물질로 칠한 듯 균일하게 보였다.

 관리사무소의 직원과 함께 문을 열기로 한 날, 경첩을 풀려고 하자 문이 마치 체인락이 걸린 듯 버텼다. 볼트는 스스로 조여졌고, 고정 핀을 전부 빼도 문은 제자리에서 미세하게만 흔들렸다. 그때 안쪽에서 물방울이 세 번 떨어지는 소리가 났고, 복도 공기가 반쯤 가벼워진 듯 느껴졌다. 짧은 정적 뒤, 틈 사이로 차갑고 맑은 냄새가 흘러나왔다. 문은 여선히 닫히지 않은 채 남아 있었고, 모두가 깨달았다. 이것은 과거의 사건이 아니라, 아직 끝나지 않은 호출이었다. 문턱을 넘는 순간, 사라진 사람들의 오늘과 우리의 내일이 서로 바뀔지도 모른다는 것을.

5장

세상에 없는 구조물

01
하늘에서만 보이는 거대 그림

광활한 사막 위를 비행하던 한 조종사는 평생 잊지 못할 장면을 목격했다. 끝없이 펼쳐진 모래밭 한가운데, 규칙적으로 이어진 선과 기하학적 무늬가 햇빛을 받아 선명하게 드러나 있었던 것이다. 마치 누군가 거대한 붓으로 땅 위에 정교한 그림을 그려놓은 듯한 형태였고, 그 길이와 너비는 상상을 초월해 육안으로 전체를 담기조차 어려웠다. 놀라운 건 이 그림이 오직 하늘에서만 볼 수 있다는 점이었다. 지상에서는 그저 불규칙한 돌과 모래가 흩어져 있는 평범한 지형으로 보였지만, 고도 500미터 이상의 상공에 오르면 선명하게 연결된 형상이 나타났고, 그것은 단순한 우연의 산물이 아니라 의도적으로 만들어진 것으로 보였다. 이 장면을 촬영한 항공 사진이 공개되자 학계와 대중 모두가 충격을 받았고, 그 그림의 기원과 목적에 대한 논쟁이 본격적으로 시작됐다.

처음에는 고대 유적의 흔적일 가능성이 제기됐다. 사막의 바람과 모래가 수천 년 동안 땅을 깎아내면서 우연히 드러난 패턴일 수도 있다는 의견도 있었다. 하지만 전문가들은 이 선들이 지나치게 직선적이고 간격이 일정하다는 점에 주목했다. 자연이 만든 무늬라면 곡선이나 불규칙성이 나타나야 하지만, 이곳의 형상은 기하학적으로 완벽에 가까웠다. 일부 고고학자는 과거 이 지역에 살았던 고대 문명이 특정한 의식이나 신앙을 위해 만든 거대 지상화라고 주장했다. 그들은 하늘에서 내려다보는 신이나 조상을 향해 메시지를 보내기 위해 이런 작품을 남겼을 가능성이 높다고 했다. 그러나 그 문명에 대한 직접적인 기록이나 유물이 전혀 발견되지 않았다는 점이 이 가설을 불확실하게 만들었다.

군사적 목적으로 만들어졌다는 주장도 나왔다. 냉전 시기 첩보 위성이나 고고도 정찰기의 시야에 들어오는 신호로 사용됐을 가능성이 있다는 것이다. 특히 일부 무늬가 비행 경로나 좌표와 비슷하다는 분석이 나오면서, 현대에 들어서 만든 군사 기밀 시설일 수 있다는 이야기가 돌았다. 하지만 해당 지역을 관리하는 정부 당국은 관련 기록이 전혀 없다고 부인했고, 위성 사진을 분석한 결과 최소 수백 년 전부터 이 형상이 존재해왔음을 시사하는 흔적이 발견됐다. 결국 군사 가설은 명확한 증거 없이 미스터리 목록에 또 하나 추가될 뿐이있다.

한편, 이 형상을 직접 조사하기 위해 여러 탐사팀이 파견됐다. 그러나 현장에서 확인된 것은 거대한 돌과 자갈, 그리고 색이 다른 흙이 일정한 패턴으로 배열된 풍경뿐이었다. 각 돌과 흙은 다른 지역에서 옮겨온 것으로 보였으며, 그 양과 규모를 생각하면 엄청난 노동력이 필요했을 것으로 추정됐다. 게다가 모래바람이 잦은 사막 한가운데서 이 패턴이 수백 년 동안 거의 변형 없이 유지되었다는 사실이 더욱 의문을 키웠다. 일부 탐사원은 작업 도중 미묘한 전자기 교란 현상을 경험했다고 증언했는데, 나침반이 엉뚱한 방향을 가리키거나 카메라가 이유 없이 작동을 멈추는 일이 반복됐다고 했다. 이런 기이한 현상은 조사에 참여한 사람들의 호기심을 넘어 불안감을 자극했다.

민간 연구자 중 일부는 이 형상이 고대 천문 관측과 관련이 있을 것이라는 가설을 내놓았다. 선들의 배열과 각도를 분석한 결과, 특정 시기와 계절에만 일치하는 별자리나 태양의 위치와 연결된다는 점이 발견됐다는 것이다. 예를 들어, 사선으로 이어진 긴 선은 하지(夏至) 일출 방향과 정확히 일치했으며, 원형 패턴은 북두칠성의 위치와 연관성이 있었다. 이런 점 때문에 이곳이 단순한 장식이 아니라 일종의 달력이자 천체 관측소 역할을 했을 가능성이 제기됐다. 하지만 이를 입증할 만한 유물이나 문헌은 여전히 나오지 않았고, 가설은 매혹적이지만 증거 부족으로 남아 있었다.

일부 사람들은 훨씬 급진적인 해석을 내놓았다. 이 패턴이 인간이 아니라 외계 존재가 남긴 흔적이라는 것이다. 하늘에서만 볼 수 있다는 점, 기술적으로 재현하기 어려운 정밀함, 그리고 현장에서 감지되는 전자기 이상 현상이 그 근거로 제시됐다. 특히 몇몇 연구자들은 전 세계 여러 지역에서 발견된 미스터리한 지상화와의 유사성을 강조하며, 이것이 일종의 '하늘을 향한 신호'일 수 있다고 주장했다. 물론 이런 의견은 과학계 주류로부터 '증거 없는 추측'이라는 비판을 받았지만, 대중의 상상력과 호기심을 강하게 자극하는 데는 충분했다.

이 거대 그림은 여전히 정체를 알 수 없는 채 사막 속에 묻혀 있다. 수십 년간 이어진 연구와 탐사에도 불구하고 그 기원과 목적은 명확히 밝혀지지 않았다. 사람들은 이곳을 찾을 때마다 설명할 수 없는 경외심과 동시에 묘한 두려움을 느낀다고 했다. 하늘에서만 모습을 드러내는 이 형상은 마치 인간의 시야를 시험하듯 존재하고, 그 비밀은 여전히 모래와 시간 속에 잠겨 있다. 그리고 언젠가, 누군가가 그 비밀을 풀어낼 날이 올지 아무도 알 수 없다.

산속에 숨겨진 유리탑

깊은 산속을 오르던 등산객 한 무리는 예상치 못한 광경 앞에서 발걸음을 멈췄다. 짙은 안개 속에서 희미하게 빛을 발하는 거대한 구조물이 서 있었는데, 가까이 다가가자 그것이 전부 투명한 유리로 이루어진 탑이라는 사실이 드러났다. 높이는 최소 수십 미터, 표면은 흠집 하나 없이 매끈했고, 나무와 바위로 둘러싸인 산속에 전혀 어울리지 않는 인공적인 기운을 풍겼다. 더 놀라운 건 탑의 재질이 우리가 아는 일반적인 유리가 아니라는 점이었다. 손으로 두드리면 금속처럼 묵직한 울림이 났고, 표면에 손자국조차 남지 않았다. 햇빛이 스며들면 무지갯빛이 퍼져 나가 마치 탑이 살아 숨 쉬는 것처럼 보였다. 이 장면은 목격자들에게 강한 경외감과 동시에 설명할 수 없는 불안감을 안겨주었다.

탑의 위치는 지도에도 표시되지 않은 깊은 산속이었고, 마을 주민들조차 그 존재를 알지 못했다. 탐사대가 이곳을 찾았을 때, 주변에는 어떤 도로도, 건설 흔적도 남아 있지 않았다. 마치 누군가 하룻밤 사이에 이 구조물을 세워놓고 사라진 듯했다. 탑의 기초 부분을 살펴보니 주변 암반과 완벽하게 밀착되어 있었고, 인위적인 절단 흔적도 없었다. 과학자들은 이 재질이 고대 기술일 가능성을 고려했지만, 그 강도와 투명도, 그리고 완벽한 형태는 현대 기술로도 재현하기 어려운 수준이었다. 일부는 이것이 자연적으로 형성된 수정 결정일 수도 있다고 주장했지만, 기하학적으로 완벽하게 수직을 이루는 형태와 내부 구조의 정밀함은 자연 형성설을 부정하게 만들었다.

탑의 내부를 조사하려 한 시도는 번번이 실패했다. 입구라고 추정되는 부분은 마치 두 겹의 유리막이 겹쳐진 듯 보였지만, 어떤 물리적 힘이나 절단 장비로도 틈을 만들 수 없었다. 열을 가해도 변형이 없었고, 심지어 초음파 절단 장치조차 표면을 통과하지 못했다. 더 이상한 건 탑 가까이 다가갈수록 전자기파가 불안정해진다는 점이었다. 휴대전화와 무전기가 작동을 멈추거나 잡음만을 내고, 카메라는 초점이 맞지 않는 흐릿한 영상만을 기록했다. 일부 장비는 완전히 고장 나기도 했는데, 마치 탑이 주변 전자 기기를 차단하는 보이지 않는 장막을 두른 듯했다. 이러한 특이 현상 때문에 조사팀은 단기 체류 외에는 장시간 연구를 진행할 수 없었다.

지역 전설을 조사하던 민속학자들은 오래전부터 이 산을 '하늘의 문'이라 불렀다는 기록을 발견했다. 마을 어르신들은 달이 가장 밝은 밤, 산꼭대기에서 빛의 기둥이 솟아오른다는 이야기를 전해왔다. 어떤 이들은 그 빛이 바로 이 유리탑에서 발산된 것이라고 믿었다. 전설에 따르면, 이 빛을 본 자는 한 달 안에 꿈속에서 '다른 세계'의 광경을 보게 되고, 그 후로 현실에서 이상한 사건들이 연이어 벌어진다고 했다. 실제로 일부 목격자들은 탑 근처를 다녀온 뒤 이상한 시간 감각의 왜곡을 경험했다고 증언했다. 하루가 지난 줄 알았는데, 마을로 내려와 보니 사흘이 흘러 있었던 것이다.

탑의 존재는 곧 외부 언론에도 알려졌다. 일부에서는 이것을 외계 문명의 잔재로 추측했다. 외계 생명체가 이곳을 관측 기지로 사용했거나, 다른 차원으로 통하는 관문일 수 있다는 주장이 나왔다. 특히 탑 표면에 미세하게 새겨진 듯 보이는 정체불명의 문양이 관심을 끌었다. 맨눈으로는 잘 보이지 않지만, 특정 각도에서 빛을 비추면 복잡한 도형과 기호들이 드러났다. 암호학자들이 이를 해독하려 했지만, 그 체계가 인류가 사용하는 언어 구조와 전혀 달라 해석이 불가능했다. 일부는 이 문양이 지도나 별자리일 가능성을 제기했고, 몇몇 점은 실제 은하 지도의 별 위치와 일치한다고 주장했다.

  탑을 연구하기 위해 여러 차례 공식 탐사가 시도됐지만, 이상하게도 매번 날씨나 장비 문제로 조사가 중단됐다. 폭우나 안개가 갑자기 몰려오고, 심지어 경험 많은 산악 안내원들이 방향 감각을 잃는 일이 반복됐다. 탑 근처의 나침반은 쓸모가 없었고, GPS 신호도 불안정했다. 어떤 탐사원은 갑작스러운 두통과 환청에 시달리며 철수해야 했다. 이 때문에 몇몇 사람들은 유리탑이 자신을 방해하는 존재를 감지하고, 의도적으로 접근을 막는 것 아니냐는 의문을 제기했다. 이런 미묘한 방해와 기이한 현상은 탑의 정체를 더 알 수 없게 만들었고, 그 주변은 점점 '금지된 구역'처럼 인식되기 시작했다.

오늘날 유리탑은 여전히 산속 깊은 곳에서 조용히 빛나고 있다. 일부 모험가들이 그곳을 찾지만, 대부분은 근처에서 방향을 잃거나 특이 현상을 경험하고 돌아온다. 탑의 기원, 재질, 목적에 대해서는 수많은 가설이 있지만, 확실한 건 아무것도 밝혀지지 않았다. 그저 사람들은 이 신비로운 구조물이 지금도 어딘가에서 우리를 지켜보고 있다는 묘한 느낌을 받는다. 그리고 언젠가 누군가가 그 문을 열고, 그 안에 감춰진 비밀을 세상에 드러낼 날이 올지도 모른다. 하지만 그때가 되기 전까지, 유리탑은 여전히 세상에 없는 구조물로, 그리고 인간이 풀지 못한 수수께끼로 남아 있을 것이다.

03
바다 위의 완벽한 원형 섬

 바다 한가운데, 지도에도 표기되지 않은 원형의 섬이 있다. 위성 사진으로 보면 그 모양은 마치 기계로 그린 듯 완벽하게 대칭을 이루고 있으며, 직경은 정확히 302미터로 측정된다. 더 놀라운 점은 섬의 둘레를 따라 바닷물의 색이 갑자기 달라진다는 것이다. 바깥쪽은 깊고 짙은 청색인데, 원 내부는 옅은 비취색을 띠며 파도가 거의 일지 않는다. 폭풍이 몰아쳐도 원 안의 수면은 잔잔했고, 바람이 강하게 불어도 섬 위 나뭇잎은 거의 흔들리지 않았다. 항해자들은 이 섬을 처음 발견했을 때 "바다 속에 새겨진 눈동자"라 불렀다. 멀리서 보면 그 경계가 선명해 마치 거대한 렌즈가 물 위에 떠 있는 듯 보였고, 주변을 지나는 배들 중 일부는 나침반이 흔들리고 엔진 출력이 떨어지는 이상 현상을 겪었다. 그 때문에 이 섬은 오래전부터 해도에 표기되지 않은 채 입에서 입으로만 전해졌다.

가장 미스터리한 점은 섬의 형성이 자연적이라고 보기 어려운 구조라는 것이다. 해양지질학자들이 드론을 띄워 촬영한 결과, 섬의 경계선은 마치 원형 방벽처럼 단단하게 굳은 암석으로 둘러싸여 있었다. 암석 표면에는 바닷물에 침식된 흔적이 거의 없었고, 대신 미세한 홈과 기호 같은 무늬가 반복적으로 새겨져 있었다. 이 문양은 특정한 방향에서만 선명히 보였으며, 각도를 조금만 바꾸면 완전히 다른 패턴으로 변했다. 일부 탐사원은 그것이 오래전 어떤 문명에서 남긴 부호일 가능성을 제기했지만, 해석 시도는 모두 실패했다. 현장 채집된 암석 샘플을 분석해 보니, 주변 해저에서는 전혀 발견되지 않는 광물질이 포함되어 있었고, 그 구성은 인공 합성물에 가깝다는 결론이 나왔다. 그러나 제작 시기를 추정할 수 있는 탄소연대 측정 결과는 수천 년 이상으로 나타나, 현대 기술로는 설명하기 어려운 난제를 남겼다.

섬에 발을 디딘 사람들은 공통적으로 기묘한 체감 시간을 경험했다. 바깥 바다에서 바라보면 해가 지는 속도가 정상인데, 섬 안에서는 태양이 지평선에 걸린 채 아주 느리게 내려앉는 듯 보였다. 손목시계로 측정하면 안쪽에서 9분이 흐르는 동안 바깥의 시계는 8분 52초를 가리켰고, 디지털 기기마다 표시되는 시간이 서로 달랐다. 원의 중심에 서면 발밑 모래가 아주 미세하게 진동하는 느낌이 전해졌고, 그 리듬은 정확히 아홉 번의 파도 주기와 일치했다. 모래를 손에 쥐어보면 입자가 일반 해변과 달리 전부 같은 직경의 구슬 형태였고, 표면에는 현미경으로만 볼 수 있는 홈이 새겨져 있었는데 각도에 따라 모양이 바뀌어 어느 방향에서도 완전한 문장을 이루지 않았다. 이런 특이성은 마치 섬 전체가 거대한 장치처럼 설계된 것 같은 인상을 주었다.

더욱 흥미로운 것은 섬의 경계에서 벌어지는 전자기 이상 현상이었다. 탐사팀이 배에서 내리려 할 때, 무전기가 갑자기 먹통이 되었고, 카메라는 셔터가 내려가지 않거나 저장된 사진이 전부 흑백으로 변했다. 나침반 바늘은 북쪽이 아니라 원의 중심을 가리켰으며, 그 상태로 경계선을 벗어나면 다시 정상으로 돌아왔다. 어떤 연구원은 드론을 섬 위에 띄웠다가 경계선에 다다르자 모든 센서 값이 '0'으로 초기화되는 경험을 했다. 심지어 일부는 섬을 떠난 후에도 장비가 이상을 보였는데, 배터리 소모 속도가 불규칙해지고 저장된 데이터가 시간 순서대로 배열되지 않는 경우가 있었다. 이 때문에 섬의 경계는 단순한 지리적 경계가 아니라, 보이지 않는 막 혹은 장벽과 같은 역할을 한다는 추측이 나왔다.

전설에 따르면, 오래전 이 바다를 지배하던 항해민족이 하늘의 별자리와 바닷속 지형을 일치시키기 위해 어떤 '기둥'을 세웠다고 한다. 그 기둥이 바로 이 원형 섬의 중심 아래에 묻혀 있으며, 이를 통해 바닷물과 시간을 동시에 제어했다고 전해진다. 일부 고대 항해 지도에는 원을 상징하는 기호와 함께 '이곳은 문이 아니다'라는 짧은 글귀가 남아 있는데, 이는 섬의 경계가 단순한 통과 지점이 아니라 차단선임을 암시하는 것으로 해석된다. 하지만 그 문장의 정확한 의미는 아무도 알지 못한다. 현지 어부들 중 몇몇은 안개가 짙게 낀 날, 섬의 경계가 잠시 풀리면서 내부에서 희미한 불빛이 수면 아래로 내려가는 것을 목격했다고 증언한다. 그 불빛이 마치 심장 박동처럼 규칙적으로 깜박였다는 점은, 이 섬이 단순한 땅덩어리가 아니라 살아 있는 구조물일 수 있다는 상상을 불러일으킨다.

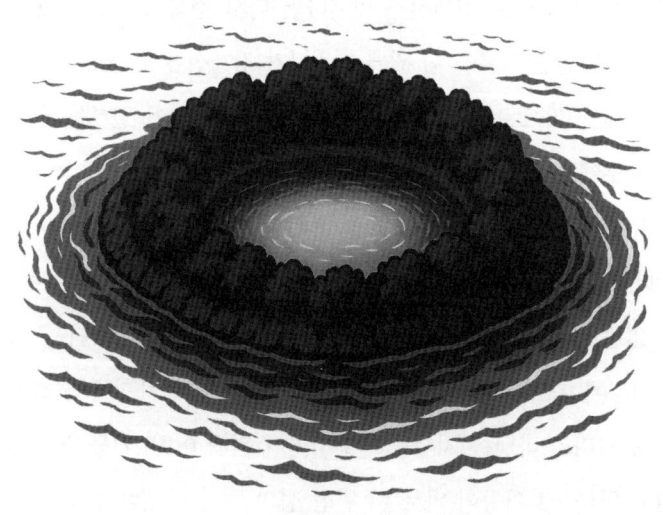

현재까지 이 섬을 완전히 탐사한 사례는 없다. 정부와 민간 연구팀이 여러 차례 시도했지만, 날씨 악화나 장비 오작동, 혹은 알 수 없는 이유로 중단되었다. 심지어 어떤 팀은 섬에 도착한 지 하루가 채 지나지 않아 전원이 고열과 혼수 상태에 빠져 구조되었는데, 의료진은 그들의 뇌파에서 동일한 주파수의 진동 패턴을 발견했다고 한다. 환자들이 깨어난 후 공통적으로 말한 것은 "끝없이 반복되는 아홉 개의 그림자"였다. 이 표현은 섬과 관련된 여러 수수께끼 중 하나로 남아 있으며, 그 의미를 풀 수 있다면 이 구조물의 기원을 밝히는 데 결정적인 단서가 될지도 모른다.

오늘날에도 이 원형 섬은 여전히 해도에 표기되지 않고, 항해자들은 그 좌표를 서로 다른 방식으로 기록해 공유한다. 어떤 이는 이를 피해야 할 재앙의 장소로, 또 다른 이는 잃어버린 문명을 찾을 유일한 열쇠로 여긴다. 하지만 확실한 건, 그 완벽한 원형이 결코 자연의 우연으로만 설명될 수 없다는 것이다. 바다 위의 완벽한 원은 여전히 자기만의 시간과 법칙 속에서 고립되어 있으며, 때로는 지나가는 이들을 잠시 붙잡아 두고, 그들이 돌아간 세상에 작은 균열을 남긴다. 언젠가 그 균열이 충분히 넓어졌을 때, 우리는 이 섬의 진짜 목적과 그것을 만든 존재를 알게 될지도 모른다. 그러나 그 순간, 그 경계 너머로 발을 들인 사람은 다시 돌아오지 않을 수도 있다.

04
부서지지 않는 돌상

 절벽 아래 드러난 석상은 폭우가 산허리를 깎아내린 다음 날 처음 모습을 보였다. 검은 현무암처럼 보였지만 손을 대면 금속보다 차갑고 유리보다 매끈했다. 키는 어림잡아 다섯 사람을 포갠 높이였고, 얼굴에는 눈썹도 눈동자도 없었으며 입가만 미세하게 오른쪽으로 휘어 있었다. 기단을 감싼 흙은 손으로 툭 치기만 해도 부서졌지만 석상 표면은 흠집 하나 생기지 않았다. 마을 사람들은 옛날부터 이 골짜기에 '때가 되면 일어서는 바위'가 있다는 말을 전했으나, 아무도 실제로 본 적은 없다고 했다. 그날 이후 골짜기에는 바람이 멎는 시간대가 생겼고, 석상은 그때마다 더 또렷한 윤곽으로 서 있었다.

 처음 시도한 것은 간단한 이동과 표면 채취였다. 레커로 감아당기면 와이어가 먼저 끊어졌고, 다이아몬드 코어 드릴은 열두

초를 넘기지 못하고 비명을 지르며 멈췄다. 산소아세틸렌 토치를 기저오면 화염이 표면에서 미세하게 굽이치다 바깥 공기로 밀려났고, 액체질소를 붓자 김만 허공으로 사라졌다. 강산을 묻힌 거즈는 석상에 닿는 순간 종이처럼 말라 붙었다가 먼지조차 남기지 않고 떨어졌다. 망치로 찍으면 쇳덩이를 친 듯 팔목으로 울림이 올라왔고, 충격계는 석상 대신 지면이 먼저 피로를 누적했다. 석상은 그 모든 시도 뒤에도 처음 발견된 순간과 같은 온도와 색과 매끈함을 정확히 유지했다.

접근 방식을 바꿔 소리와 진동을 이용했다. 저주파 스피커를 석상 기단에 고정하고 주파수를 올렸다 내리자 81헤르츠 부근에서 주변 공기가 살짝 얇아지는 느낌이 났다. 그때 석상 표면에 머리카락 굵기의 잔금들이 떠올랐다 사라지며 미세한 육각 타일 같은 패턴을 만들었다. 열화상 카메라는 온도 변화를 잡지 못했지만, 레이저 간섭계는 표면이 수 마이크로미터 단위로 호흡하듯 팽창과 수축을 반복한다고 기록했다. 패턴이 가장 촘촘해지는 순간 기단 둘레의 흙이 가루처럼 부드러워졌고, 스테인리스 볼트를 눕혀두면 북쪽이 아닌 석상 쪽으로 천천히 구르기 시작했다. 우리는 그 상태를 '열리려다 닫힌 호흡'이라고 이름 붙였고, 아무도 그 다음 단계를 감히 요구하지 못했다.

밤이 오면 석상은 낮과 다른 표정을 가졌다. 달빛이 기단을 스치면 표면의 광택은 줄어드는 대신 내부에서 아주 옅은 푸른 막이 솟아올랐다. 그림자는 달의 각도와 무관하게 계곡 입구를 향했고, 새벽녘 한 번은 그림자 끝에 발자국 모양의 움푹함이 세 걸음만 찍혔다. 사진을 찍으면 셔터음과 함께 초점이 한 박자 늦게 따라왔고, 메타데이터의 시간이 아홉 분 간격으로 앞당겨졌다. 드론은 상공에서 석상의 머리꼭대기를 확인했는데, 천정부에는 나선형의 얕은 홈이 있어 별빛을 한 점으로 모았다. 그 점은 구름이 가린 밤에도 꺼지지 않았고, 영상의 노이즈만 별자리를 흉내 내며 더해졌다.

지질 분석팀은 주변 암석에서 석상의 기원을 찾으려 했다. 표본의 동위원소 비율은 이 산맥의 어떤 암석군과도 맞지 않았고, 석상에서 10미터 떨어진 자갈에서도 동일한 비율이 나타났다. 땅속 전자기탐사에서는 기단 아래로 종 모양의 빈 공간이 드러났는데, 그 중심에는 반사 신호가 없는 완전한 공백이 있었다. 공백의 테두리에서는 주기적인 미세전류가 감지되었고, 그 위상은 매일 새벽 같은 시각에 1도씩 회전했다. 이는 누가 매일 같은 주문을 외우듯 지극한 반복으로 유지되는 장치의 습관처럼 보였다. 우리가 알 수 있었던 건 그 공백이 '텅 빈' 것이 아니라, 측정을 거부하는 방식으로 존재한다는 사실뿐이었다.

이상 현상은 사람에게도 남았다. 손가락으로 석상을 스친 팀원은 그날 밤 꿈에서 보지 못한 도시의 계단을 걸었다고 기록했고, 깨어난 뒤 손끝에 미세한 점사 같은 돌기가 반나절 동안 남아 있었다. 현장을 지킨 경비는 새벽 닭이 울 무렵 석상의 입가가 아주 조금 더 올라간 것을 봤다고 말했다. 그가 그 순간을 사진으로 남겼지만, 인화하면 입가는 다시 처음의 각도로 돌아갔다. 비바람이 며칠을 덮쳐도 기단의 흙먼지만 달라졌고, 석상은 젖지도 마르지도 않았다. 사람들 사이에는 이 구조물이 지키는 것은 비밀이 아니라 '측정'일지도 모른다는 말이 돌았다. 우리를, 우리의 호흡과 발걸음과 기다림을.

결정적인 시험은 폭발물로 이뤄졌다. 진동으로 기단이 가장 부드러워진 시간을 골라 소량의 성형작약을 배치했고, 기폭 순간 계곡은 한순간 낮처럼 밝아졌다. 폭압은 석상에서 바깥으로 둥글게 굴절되어 나갔고, 기단 주변의 바위와 장비와 표지판이 링

모양으로 부서졌다. 폭연이 가라앉고 먼지가 걷히자 석상은 제자리에서 아주 약간, 눈금으로는 측정하기 어려울 만큼 방향을 틀어 계곡 끝의 하늘 틈을 바라보고 있었다. 그날 이후 석상은 더 이상 어떤 실험에도 반응하지 않았고, 계곡 바람의 멈춤 시간도 사라졌다. 우리는 현장을 정리하며 기단에 떨어진 부스러기 하나를 주머니에 넣었다가, 산을 벗어나는 길목에서 그 부스러기가 미세한 빛을 내며 소리 없이 가루가 되는 것을 보았다. 누군가 말했다. 부서지지 않는 것은 돌이 아니라 훼손하려는 우리의 뜻이었을지도 모른다고. 그리고 우리는 동의했다. 석상이 견딘 것은 시간과 폭압이 아니라, 우리 눈에 보이지 않는 어떤 약속이라는 것을.

05
폐허 속 멈춰버린 시계

　폐허는 도시 외곽의 철길을 따라가다 보면 나타났다. 붉은 벽돌은 반쯤 허물어졌고, 석고 천장은 비의 기억을 깔고 있었다. 바닥에는 종이 부스러기와 금속 조각, 유리 파편이 뒤섞여 얇은 별자리를 만들고 있었다. 그 한가운데, 아무 데도 기대지 않은 채 홀로 서 있는 시계탑이 있었다. 탑의 몸체는 녹이 슬었지만 시계판만은 새것처럼 흰색을 유지하고 있었다. 초침은 정확히 9시 09분에서 멈춰 있었다. 바람이 불어도 분침은 흔들리지 않았고, 대신 공기만 켜켜이 쌓인 먼지를 살짝 들썩였다.

　우리는 안전줄을 묶고 계단 없는 내부 샤프트를 통해 상층으로 올랐다. 벽은 촉촉했고 금속 냄새가 오래된 책 냄새와 섞여 폐 속을 맴돌았다. 중간 플랫폼에서 휴대 조명을 켜자 먼지 알갱이들이 동전처럼 반짝이며 회전했다. 그 회전은 우리가 움직이는 방향과 상관없이 북동쪽을 향해 정렬되었다. 맥동계는 건물 전체에 깔린 낮은 진동을 9개 묶음으로 기록했다. 그 묶음의 간격은 일정했지만 끝마다 미세한 숨이 붙어 있었고, 그 숨이 나사를 푼 듯 탑의 금속을 아주 조금 팽창시켰다.

시계실에 닿자 유리 돔 뒤로 커다란 문자판이 모습을 드러냈다. 숫자 3과 9만 유난히 두꺼웠고, 문자판의 에나멜은 흠집 하나 없이 매끈했다. 기계 장치의 축은 윤활유 대신 투명한 막 같은 것으로 적셔져 있었다. 그 막은 손끝의 열에도 반응하지 않았고, 도구가 닿으면 금세 형태를 복원했다. 태엽은 감기지 않았고, 스프링 하우징은 바늘처럼 얇은 균열을 품은 채 닫혀 있었다. 귀를 대면 틱 소리는 없었지만 시침과 분침이 만나는 코너에서 아주 느린 호흡이 들렸다. 그것은 금속의 호흡이라기보다 방 전체가 스스로를 복기하는 소리 같았다.

우리는 전원을 외부에서 공급해 보았다. 직류를 연결하면 아무 일도 일어나지 않았고, 교류 60헤르츠를 인가하자 문자판 둘레의 눈금이 한 칸씩 밝아졌다. 81헤르츠에 도달하자 유리 돔 내부의 공기가 살짝 접히는 듯 요동쳤다. 그 순간 초침이 보이지 않는 각도로 휘어졌다가 원위치로 돌아왔다. 열화상 카메라에는 변화가 없었지만 레이저 간섭계는 축 끝이 머리카락 굵기만큼 앞뒤로 흔들렸다고 보고했다. 흔들림은 정확히 아홉 번 반복되었고, 열 번째는 미완으로 끝났다. 우리는 주파수를 내리며 시계의 호흡을 따라갔고, 방은 우리와 시계를 연결하는 보이지 않는 악보가 된 듯했다.

장치의 후면 패널을 열자 손바닥 크기의 얇은 디스크가 나왔다. 재질은 유리처럼 투명했지만 무게는 금속에 가까웠다. 현미경으로 보면 디스크 표면에 아주 미세한 숫자열이 떠올랐다가 사라졌다. 그 숫자들은 시간 표기가 아니라 좌표처럼 보였다. 좌표를 지도에 대입하면 모두 허공이나 물 위의 지점으로 나타났다. 특이한 점은 모든 좌표의 분 초 자리가 3과 9로만 구성되어 있었다. 디스크를 빛에 비추면 시계판의 숫자들이 반대로 새겨져 우리 얼굴 위로 얇은 그림자를 던졌다. 그 그림자는 눈을 감고도 볼 수 있을 만큼 선명했다.

밤이 되자 폐허의 온도는 뚝 떨어졌고, 바람 대신 조용한 물결이 벽을 스쳤다. 시계탑 밖에서 찍은 사진의 셔터 스피드는 카메라가 결정하지 않았고, 장면이 스스로 맞췄다. 노출 9초에서만 시계판의 숫자들이 흐려지지 않았다. 별빛은 유리 돔을 통과하며 각도 하나를 잃었고, 천장의 균열은 별자리로 재배열되었다. 우리는 메트로놈을 3/4로 맞추고 조용히 박자를 탔다. 그 박자에 맞춰 초침의 그림자가 바닥을 세 번 쓰다듬었다. 그 뒤로는 아무 흔적도 남지 않았다.

마지막 시도는 시간을 되감는 것이었다. 시계의 축을 직접 움직이지 않고 방 안의 변화만 역주행시키는 방법을 택했다. 창문을 하나씩 닫고, 장비의 전원을 거꾸로 내려가며 끄고, 우리가 올라온 순서와 반대로 발걸음을 옮겼다. 계단 자국이 거꾸로 쌓였고, 먼지는 제자리로 가라앉았다. 그때 초침이 아주 짧게 한 칸 앞서 나갔다. 문자판의 9가 얇은 빛테를 두르고 울렸다. 우리는 호흡을 멈췄다. 초침은 그 자리에서 다시 멈췄다. 방 안에는 오직 한 가지 변화만 남았다. 벽의 오래된 포스터 한 장에 펜으로 적힌 메모가 추가되어 있었다.

"지금은 아니다."

우리는 시계를 고치지 못했다. 대신 시계가 우리를 측정했다. 우리의 걸음 간격과 침묵의 길이, 그리고 포기하는 데 걸린 시간을. 폐허는 다음 방문객에게도 같은 9시 09분을 보여줄 것이다. 언젠가 다른 누군가가 같은 악보를 펼쳐 더 정확한 박자를 택할지도 모른다. 그때 초침은 한 칸 더 나갈 것이다. 아니면 아무 일도 일어나지 않을 것이다. 이 시계는 고장이 아니라 약속의 형태로 멈춰 있기 때문이다. 우리가 그 약속의 상대인지, 아니면 그저 구경꾼인지, 대답은 아직 시계 속에 있다.

(06)
하늘로 뻗은 끝없는 계단

 처음 발견은 폭풍 뒤 하늘이 씻긴 새벽이었다. 산줄기와 초원이 만나는 능선 위 허공에서 얇은 선들이 층층이 겹쳐 보였다. 맨눈으로는 아무것도 없는 자리를 카메라로 비추자, 공기에 잠긴 유리판처럼 반투명한 발판이 연속으로 떠 있었다. 가까이 다가서면 계단은 스스로 윤곽을 굵게 해 발을 올리라는 듯 한 칸을 앞으로 내밀었다. 바람의 방향과 무관하게 구름은 그 주변을 크게 돌아 흘렀고, 새들은 한 번도 그 위로 들지 않았다. 우리 숨은 계단의 간격에 맞춰 알 수 없이 느려졌다.

 재질을 가늠하려고 막대기를 툭툭 찍어보면 금속의 울림도, 돌의 마찰도 아닌 얇은 종유석을 건드린 듯 맑고 긴 소리가 났다. 손바닥을 댈 때마다 온기는 9까지 세면 사라지고 다시 1로 돌아오는 주기로 맥동했다. 표면에는 마치 빛이 흐르는 모세혈관 같은 미세한 문양이 아지랑이처럼 움직였다. 각 발판의 모서리는 날카롭지 않았으나, 발뒤꿈치를 허용하지 않는 듯 살짝 미끄러웠다. 그 미끄러움이 우리 보폭을 반 박자 앞으로 밀었다. 높낮이는 일정했지만, 오르다 보면 심장 박동과 보폭이 3·4·3의 리듬으로 자연히 묶였다. 몸이 먼저 박자를 배웠다.

무인 드론을 띄우면 이륙은 멀쩡했다. 그러나 계단 셋 위에서 자이로가 영점을 잃었고, 프레임 사이가 비어졌다. 위성 수신은 한 칸씩 늦어졌다. 케이블을 따라 전력이 흐를 때 미세한 푸른 불꽃이 계단 옆면에서 스치며 흩어졌다. 고도계는 올라갈수록 단위가 바뀌어 미터에서 분으로, 다시 분에서 마치 음악의 박자처럼 변환되었다. 수치가 9를 찍는 순간마다 화면이 한 번 깜빡이며 스스로 노출을 낮췄다. 장비의 오작동이 심해질수록 계단은 오히려 더 또렷해졌다. 마치 살아 있는 사다리가 관찰자를 고르고 있다는 불길한 안심이 동시에 밀려왔다.

첫 등정 시도에서 우리는 발걸음 수를 소리 내 세며 올라갔다. 백오십을 넘어서자 아래 풍경은 확대가 아니라 축소된 지도처럼 평평해졌다. 나무와 길과 강은 기호로 바뀌었다. 공기 밀도는 낮아졌지만 숨은 이상하게 쉬워졌다. 귀에는 낮은 종소리 같은 것이 계단 칸수에 맞춰 울렸다. 그 소리의 여운에 우리 발목의 그림자가 반 박 늦게 따라붙었다. 뒤돌아보면 방금 지나온 칸들이 잠시 더 밝았다가 어두워졌다. 손을 뻗으면 공기 속에 얇은 막이 있어, 손끝이 한 번 더 접힌 후에야 다음 칸이 몸을 받아 주었다.

중턱 즈음 계단의 재질은 바뀌었다. 거울 같은 투명층이 발아래로 하늘을 비추었다. 우리는 발바닥으로 하늘을 밟는 기분을 견뎌야 했다. 구름은 아래서 위로 흐르며 발 사이로 스며들었다가 조용히 갈라졌다. 햇빛은 우리 위에서가 아니라 옆에서 들어와, 옆얼굴에 두 줄기의 그림자를 그렸다. 한 동료가 농담처럼 초침을 듣는다고 말하자, 정말로 손목시계의 초침이 소리를 내기 시작했다. 그 소리는 세 번 빠르게, 네 번 느리게, 다시 세 번 빠르게를 반복하며 계단 난간을 따라 위쪽으로 달려갔다. 리듬에 맞춰 발을 딛으면 저항이 사라졌고, 박자를 어기면 발판이 물결처럼 끌어당겨 보폭을 고쳐 놓았다.

구름층을 뚫는 순간 계단은 갑자기 폭이 넓어졌다. 주변엔 어떤 기둥도 벽도 없었지만 바람은 멎지 않았다. 오히려 멀리서 다른 바람들의 길이 교차하는 소리가 났다. 교차점마다 아주 옅은 빛의 문이 생겼다 사라졌다. 저 위쪽 어딘가에서 투명한 종들이 서로 다른 길이로 흔들리며, 우리 발걸음과 음을 교환했다. 우리는 그때 계단이 건축물이 아니라 악보라는 생각에 사로잡혔다. 칸마다 새겨진 미세한 점열을 세어 보니 3과 0과 2가 순서를 바꿔가며 반복됐다. 그때마다 멀리 번개 없는 섬광이 한 번 깜빡이며 우리 그림자의 가장자리를 조금씩 지워 올라갔다.

 정상이라는 개념은 끝내 오지 않았다. 계단은 하늘을 다 썼는지 더 짙은 푸른 층으로 스며들었다. 아래를 보자 출발점이 보이지 않았다. 대신 얕은 공명만이 올라왔다. 그 공명은 우리가 밟아 만든 리듬을 우리에게 되돌려 보냈다. 한 칸을 더 오르면, 되돌려 받은 리듬이 한 박 길어져 우리 가슴 안쪽에 문턱 같은 무음을 만들었다. 그 문턱을 넘는 순간 뒤에서 누가 우리 이름을 부르는 듯했으나, 돌아서면 이름의 모양만 남았다. 그 모양은 계단 옆면의 발광 문양과 포개져 하나의 고리로 닫혔다. 그때 우리는 알았다. 이 끝없는 계단은 어디로 가는 통로가 아니라, 무엇이 되도록 우리를 조율하는 장치라는 것을. 그리고 내려가려는 순간에도 계단은 사라지지 않았다. 우리 안에서 계속 올라가고 있었다.

07
바람 속에서 울리는 보이지 않는 종

처음 그 소리를 들은 것은 바람이 한 방향으로만 불던 계절이었다. 산과 강이 만나는 협곡 끝자락의 기온은 평소보다 차가웠고, 풀잎에는 습기가 맺혀 있었다. 그날 갑자기 바람의 속도가 느려지더니 귓속에 금속을 긁는 듯하면서도 맑은 울림이 스며들었다. 처음엔 멀리 있는 절의 범종 같다가도, 곧 귀 가까이에서 속삭이는 듯한 소리로 변했다. 소리가 나는 지점을 찾기 위해 발걸음을 옮기면 방향이 계속 달라졌다. 가까워진 듯하면 다시 멀어지고, 바람결 속에서 얇은 금실 같은 진동이 얼굴과 손끝을 스쳐 지나갔다.

그 소리는 눈에 보이는 어떤 구조물에서도 나오지 않았다. 바람길을 막을 만한 바위나 나무가 없는 허공에서만 울렸고, 귀를 기울이면 파도처럼 밀려왔다 물러갔다를 반복했다. 바람의 온도가 낮아지는 순간에는 낮고 무거운 종소리로 가라앉았다가, 다시 높아질 때는 맑고 길게 울렸다. 그 울림 속에는 일정한 간격으로 무음의 틈이 있었는데, 그 틈마다 심장이 한 박자 쉬는 듯한 기분이 들었다. 소리와 침묵의 경계가 흐려져 마치 두 세계가 겹쳐 있는 듯한 착각에 빠지게 했다.

장비를 들고 측정에 나섰을 때, 고감도 마이크는 바람의 속도와 방향에 따라 주파수가 바뀌는 패턴을 포착했다. 3초 동안 저음이 유지되다 2초간 무음, 다시 5초 동안 고음이 이어지는 주기가 나타났다. 이 주기는 정확히 7회 반복되면 전혀 다른 음계로 넘어갔다가, 다시 원래의 음으로 돌아왔다. 음의 파형은 눈송이처럼 중심에서 퍼져 나가는 형태를 띠었다. 가장 놀라운 것은 소리를 녹음한 파일을 역재생했을 때였다. 멀리서 사람 이름을 부르는 듯한 형식으로 변했는데, 발음이 분명하진 않지만 혀끝에 그림자처럼 맴도는 울림이 남았다.

마을 노인들은 오래전부터 이 바람 속 종소리를 알고 있었다. 그들은 이 소리가 나면 날씨가 바뀌거나 누군가가 돌아오거나 사라진다고 말했다. 아이들이 장난삼아 그 방향을 따라 올라갔다가 한동안 돌아오지 않은 일도 있었다. 오래된 일기장에는 '오늘도 종이 울렸다. 종이 멎자 바람이 뒤집혀 불었다'라는 기록이 남아 있었다. 몇몇 사람은 종소리가 나는 날마다 같은 꿈을 꿨다고 한다. 끝이 보이지 않는 복도 양옆에 하얀 문이 줄지어 있고, 그 문마다 작은 종이 걸려 있었는데 손을 내민 소리가 아닌 치기운 바람이 흘러나왔다고 했다.

이상한 점은 계절이 바뀌어도 종소리가 나는 위치가 변하지 않는다는 것이었다. 보통 바람의 길은 지형과 온도차에 따라 변하기 마련인데, 이 소리가 울리는 지점은 언제나 그 자리에 있었다. 지도를 보면 세 지점이 정삼각형을 이루었고, 각 변의 길이는 황금비 1.618의 비율로 늘어나 있었다. 중심에는 아무것도 없는 빈 공간이 있었는데, 그 안에 들어서면 소리가 완전히 사라졌다. 그러나 그 중심을 벗어나는 순간 양쪽 귀에 동시에 종소리가 터져 들어왔고, 울림은 몇 분간 이어졌다.

한 연구팀이 드론을 띄워 소리를 추적하자, 해발 300미터쯤에서 종소리는 두 배로 커졌다. 방향은 분리되어 서로 다른 세 개의 종이 동시에 울리는 듯 들렸다. 각각의 소리는 다른 간격으로 겹쳤고, 그 사이사이에 짧고 날카로운 음이 끼어 있었다. 분석 결과, 그 음의 주기가 해안 등대의 점멸 간격과 동일했다. 마치 바람 속 종이 단순한 울림이 아니라 어떤 신호를 보내는 장치처럼 기능하는 듯했다. 그 신호는 우리가 이해하지 못하는 방식으로 시간과 공간을 표시하고 있는 것처럼 보였다.

가장 신비로운 순간은 해가 지고 바람이 차가워졌을 때 찾아왔다. 종소리는 낮보다 깊고 무거워졌고, 그 안에서 또 다른 낮은 음이 바닥을 타고 흐르듯 전해졌다. 발밑 땅을 통해 전해진 그 음은 종아리와 발바닥에 미세한 떨림을 주었다. 잠시 후 종소리가 멈추면 바람도 완전히 멎고 세상은 고요해졌다. 그 순간 머리 위로 별빛이 번쩍이며 마치 하늘에서 거대한 종추가 내려왔다가 사라지는 듯 보였다. 시간이 다시 흐르기 시작하면 바람과 종소리는 아무 일 없었다는 듯 돌아왔지만, 그 울림은 귀가 아니라 가슴 속에서 오래도록 계속되었다.

08

빛을 머금은 밤하늘의 다리

밤하늘은 대체로 별빛과 어둠이 만든 단순한 대비로 기억되지만, 어느 계절과 어느 위도의 특정 날, 관측자들은 그 위에 전혀 다른 풍경이 얹히는 것을 목격했다. 도시의 불빛이 닿지 않는 깊은 산속에서, 강을 건너는 무채색의 실루엣이 구름보다 느리게 움직였고, 그 위로 가느다란 빛의 선들이 이어졌다. 처음 본 사람들은 이를 유성의 잔광이나 위성 궤도의 착시라고 생각했지만, 선들의 배열은 너무 일정했고 색채가 변하는 주기는 주변 별들의 움직임과 무관했다. 가까이서 본 사람들에 따르면 그 다리는 안개 같은 빛을 머금은 표면을 갖고 있었고, 한쪽 끝은 북서쪽 하늘에, 다른 끝은 동남쪽 수평선 너머로 사라졌다고 한다. 별빛을 차단하거나 반사하는 대신, 그 구조물은 빛을 품어 내부에서 천천히 발광하는 듯 보였다.

기록에 남은 첫 보고는 19세기 말 북유럽 어부들의 항해일지에 등장한다. 그들은 밤낚시 도중 바다 위로 기묘한 그림자가 드리우자 그 방향을 향해 노를 저었다. 그러나 1시간을 가도 거리는 변하지 않았고, 나침반은 북쪽을 가리키지 않으며 서서히 한쪽으로 돌아갔다. 하늘 위 다리는 아무 소리도 내지 않았지만, 그 밑에서는 바다 물결이 잠시 멈춘 듯 수면이 매끈해졌다. 이후 조사에 나선 천문가들은 이를 대기 중 플라즈마 현상과 연관 지으려 했으나, 플라즈마는 수 초에서 길어야 몇 분간만 지속되며, 길이가 수십 킬로미터에 달하는 '다리'를 형성하는 예는 알려진 바 없었다. 게다가 목격자들의 증언에 따르면 구조물의 밑면에는 주기적으로 깜박이는 점들이 있었고, 그 간격은 마치 사람이나 기계가 설치한 등화처럼 보였다.

20세기 초, 사막 지역 유목민들의 전승에서도 유사한 이야기가 발견된다. 별이 잘 보이는 건기 초입, 모래언덕 위로 빛줄기가 두 줄 겹쳐진 채 평행하게 이어졌고, 그것이 수평선 너머로 사라질 때까지 사람들은 발걸음을 멈추었다. 일부는 그 다리가 하늘과 하늘을 연결하는 통로이며, 그 위로 별들의 주인이 이동한다고 믿었다. 그러나 이동 속도가 너무 일정하고, 출현 시각이 계절마다 거의 같았다는 점은 전승이 단순한 상징이 아니라 실제 관측 경험에서 비롯되었음을 시사한다. 사진 촬영 시도도 있었지만, 당시 장비로는 다리의 빛이 노출 시간 동안 번져 하늘 전체가 뿌옇게 나타났다. 몇몇 필름에서는 흐릿한 호(弧) 형태의 무늬만 확인되었고, 그 안쪽에 미세한 격자 패턴이 숨어 있었다.

가장 놀라운 사건은 1970년대 초, 남미 안데스 고산지대에서 발생했다. 천문대 연구원들이 유성우 관측 중, 하늘 한가운데 가로질러 있는 은빛 구조를 망원경으로 포착한 것이다. 이들은 구조물 표면이 평평하지 않고, 마치 기계 부품처럼 겹겹이 맞물린 패널로 이루어져 있음을 발견했다. 패널 사이에는 어둡고 깊은 틈이 있었고, 그 안에서 서서히 움직이는 그림자가 포착되었다. 한 연구원은 무선 주파수를 해당 방향으로 송신했는데, 몇 초 후 구조물 가장자리의 빛이 미묘하게 반응하는 듯 깜빡였다. 이후 전파 수신기에서는 의미를 알 수 없는 짧고 긴 신호가 반복되었고, 신호 패턴은 지구상의 어떤 언어 구조와도 일치하지 않았다. 이 사건은 곧 은폐되었지만, 당시 촬영된 필름 일부가 수십 년 후 인터넷에 흘러나와 여전히 논쟁의 대상이 되고 있다.

현대에 들어서면서 '빛의 다리' 목격담은 고성능 카메라와 위성 영상 덕분에 더 자주 보고되고 있다. 그러나 이상하게도 구조물은 촬영 장비의 해상도가 높아질수록 더 불분명하게 나타나며, 때로는 아예 사라진다. 일부 과학자들은 이를 '관측 회피 현상'이라 부르며, 다리가 단순한 물리적 구조물이 아니라 관측자의 인지와 결합해 나타나는 현상일 수 있다고 본다. 더불어 GPS 측정 결과, 다리가 나타나는 동안 특정 구역의 위성 신호가 불규칙하게 끊기거나 지연되는 사례가 다수 보고되었다. 이러한 전자기적 교란은 강력한 전파 방출원이나 공간 왜곡이 원인일 가능성을 암시한다.

전설과 과학이 교차하는 이 현상에는 공통된 특징이 있다. 첫째, 다리는 절대적으로 조용하다. 둘째, 양 끝이 지구상의 지형이나 건물과 닿아 있지 않다. 셋째, 출현 시각과 위치가 완전히 무작위가 아니며, 특정 천문 주기와 어느 정도 연관성이 있다. 넷째, 구조물 위로 그림자나 물체가 이동하는 듯한 모습이 종종 포착된다. 일부는 이를 다른 세계로 향하는 운송 통로, 혹은 고대에 지구를 드나든 문명의 잔재라고 추측한다. 하지만 그 어떤 가설도 다리가 나타났다 사라지는 이유를 설명하지 못했다. 마치 그것은 단시 '시나가는 것'을 허락받은 소수만이 볼 수 있는 비밀 통로처럼 보인다.

 어쩌면 이 다리는 우연히 나타난 자연현상이 아니라, 의도적으로 설계되고 유지되는 무언가일지도 모른다. 인류의 역사 속에서 하늘과 땅을 잇는 사다리나 다리에 대한 신화가 각지에 존재하는 것도 우연이 아닐 수 있다. 성서의 야곱의 사다리, 동아시아의 은하수 오작교, 북유럽의 비프로스트 모두 하늘과 하늘을 잇는 구조물로 묘사된다. 빛을 머금은 밤하늘의 다리는 그러한 상징들이 실체를 갖춘 형태로, 지금도 어딘가에서 우리 시야 밖으로 지나가고 있을 가능성이 크다. 다만 그것을 볼 수 있는 순간이 언제, 어디서 올지는 누구도 예측하지 못한다는 점이, 이 다리를 가장 완벽한 미스터리로 남겨두고 있다.

6장

아직 끝나지 않은 이야기

01
밤마다 반복되는 신호

해안의 작은 마을에서는 매일 밤 같은 시각, 바다 쪽에서 기이한 빛이 점멸하는 현상이 목격되기 시작했다. 처음에는 어부들이 배에서 켜는 신호등쯤으로 여겼지만, 곧 그것이 단순한 배의 불빛과는 전혀 다르다는 사실이 드러났다. 빛은 일정한 간격을 두고 세 번 깜빡였다가 잠시 꺼지고, 다시 네 번 깜빡이는 패턴을 반복했다. 눈에 익숙해질수록 그것이 마치 어떤 암호나 메시지를 전달하려는 것처럼 보였고, 주민들은 호기심과 불안을 동시에 느꼈다. 바닷바람에 섞여 희미한 진동음 같은 소리가 함께 들려오는 날도 있었는데, 그 음은 마치 깊은 수면 아래에서 올라오는 듯한 묘한 울림을 가졌다.

호기심 많은 청년 몇 명이 소형 보트를 타고 빛이 나는 방향으로 향했지만, 가까워질수록 불빛은 사라지고, 마치 안개 속으로 녹아드는 듯 보였다. 방향을 바꿔 돌아오면 다시 먼 바다에서 같은 패턴의 깜빡임이 시작되었고, 마치 그 빛이 그들을 피해 도망치는 듯한 인상을 주었다. 그 청년들 중 한 명은 돌아오는 길에 바다 위에서 아주 잠깐, 수면 아래에 거대한 금속 구조물의 윤곽 같은 것을 봤다고 주장했다. 하지만 다른 이들은 아무것도 보지 못했다고 했고, 그 이야기는 곧 바다 괴담처럼 마을에 퍼졌다.

마을의 오래된 기록을 뒤져본 이들은 이와 비슷한 현상이 수십 년 전에도 보고되었다는 사실을 발견했다. 당시에는 무전 신호와 연관이 있다는 이야기가 있었지만, 무전기로 해석하려 해도 전혀 맞지 않는 패턴이었다. 일부는 이것이 전쟁 시기 사용되던 극비 암호일 가능성을 제기했지만, 왜 하필 이 외딴 바다 한가운데서 계속 반복되는지에 대해서는 설명할 수 없었다. 한 노인은 오래전 외할아버지로부터 들은 이야기를 꺼냈는데, 그 신호가 시작되면 바닷속 깊은 곳에서 검은 그림자가 올라와 배를 따라다녔다는 전설이었다.

이 신호를 풀어보려는 사람들은 영상 촬영과 빛의 주기 측정을 시도했다. 그러나 이상하게도 촬영 장비를 켜면 불빛은 마치 감지한 듯 사라져버리고, 장비를 끄면 다시 나타났다. 그 결과 신호의 전체 패턴을 기록한 사람은 아무도 없었고, 단편적인 목격담과 기억만이 남았다. 어떤 이는 신호가 보이는 날 밤에만 해변

모래 위에 기이한 나선형 무늬가 새겨져 있었다고 주장했는데, 그 무늬는 마치 거대한 손가락으로 모래를 훑어낸 듯 매끈하고 규칙적이었다.

이상한 점은 그 신호가 항상 달이 가장 높이 뜬 시간과 일치했다는 것이다. 달빛이 강하게 비치는 날이면 신호는 더 또렷했고, 흐린 날에는 희미하거나 아예 사라졌다. 이를 근거로 누군가는 바다 밑 어딘가에 달빛을 받아 작동하는 장치가 있을 것이라 추측했다. 하지만 잠수 장비를 동원해 탐사한 결과, 그 방향에는 아무런 구조물도 발견되지 않았다. 대신 탐사팀은 수심 50미터 근처에서 갑작스럽게 방향 감각을 잃는 이상 현상을 겪었고, 장비가 고장을 일으켜 급히 수면으로 복귀해야 했다.

그 후 몇 주 동안 신호는 갑자기 사라졌다가, 다시 나타났다. 마을 사람들은 이제 그 신호를 일종의 '밤의 부름'이라고 불렀다. 이유는 모르지만, 신호가 있는 날이면 해안에 서서 그 빛을 바라보는 사람들이 늘었고, 그들 중 일부는 깊은 최면 상태에 빠진 듯 움직임이 느려졌다. 몇몇은 빛을 향해 바다로 걸어 들어가려 하다가 다른 사람들에게 붙잡히기도 했다. 그 순간 그들의 눈은 초점이 풀린 듯했고, 이후 깨어나면 아무 기억도 하지 못했다.

이상하게도, 그 신호는 결코 외부로 전파되지 않았다. 인근 도시나 해안 경비대에는 보고가 전달됐지만, 그들이 현장에 도착하는 날에는 언제나 불빛이 사라졌다. 오직 이 마을 주민들만이, 그리고 그것을 '기억하려는 사람들'만이 그 신호를 목격할 수 있었다. 사람들은 점점 그 빛이 무언가를 기다리고 있다는, 그리고 언젠가는 그 부름이 끝나고 실제로 무언가가 해안에 도착할 것이라는 불안한 예감을 갖게 되었다. 그날이 언제일지는 아무도 알 수 없지만, 신호는 여전히 바다 저편에서, 같은 패턴으로 깜빡이며 이곳을 주시하고 있었다.

다시 나타난 사라진 마을

처음 그 마을이 사라진 날을 기억하는 사람은 많지 않았다. 하지만 돌아온 날을 본 사람들은 그 순간을 평생 잊지 못한다고 했다. 강을 따라 난 도로의 커브를 돌자마자, 평범한 풍경 대신 유리막 위에 덧그려진 듯한 마을이 나타났다. 며칠 전까지만 해도 풀과 자갈뿐이던 자리에, 지붕과 담장, 오래된 포도나무 그늘이 필름 한 장처럼 겹쳐 있었다. 차창 밖 공기는 싸늘했고, 라디오는 주파수가 뒤섞이듯 지직거리며 알 수 없는 숫자만 읊조렸다.

마을 입구 표지판은 녹이 슬어 있었지만 이름 부분은 하얗게 번져 읽을 수 없었다. 골목을 스치는 바람은 흙먼지가 아니라 낮고 묵직한 울림을 벽돌 사이에 남겼다. 어떤 이는 그 소리를 "사진이 현상되는 소리"라고 했고, 다른 이는 "사라진 시간이 돌아오는 냄새"라고 표현했다.

마을 광장은 새로 칠한 듯 또렷했지만, 그 위를 걸으면 발소리가 오래된 나무 바닥처럼 울렸다. 가게들은 문이 반쯤 열린 채로 비어 있었고, 계산대엔 날짜 없는 영수증이 가지런히 놓여 있었다. 우체통 속에는 편지 대신 얇은 유리 조각 같은 엽서가 있었고, 표면에는 주소 대신 동심원 무늬가 흐릿하게 새겨져 있었다.

종탑의 시계는 9시 09분에서 멈춰 있었으나, 안쪽에서는 규칙적인 숨소리 같은 진동이 느껴졌다. 주철 기둥에 손을 대면 심장 박동보다 조금 느린 리듬이 손끝으로 전해졌고, 그 간격은 '아홉'이라는 숫자와 맞아떨어졌다.

집집마다 남겨진 흔적은 일상과 비일상이 이상하게 섞여 있었다. 식탁 위 접시는 깨끗하게 말라 있었고, 의자에 걸린 외투에서는 아직 다림질한 듯 미묘한 열이 남아 있었다. 유모차는 먼지 없이 대문 앞에서 멈춰 있었고, 학교 앞 흙길에는 분필로 그린 사방치기 칸이 햇빛에 따라 나타났다 사라졌다.

오래된 가족사진을 휴대폰으로 찍으면, 초점이 사진 속 인물의 눈동자에 맞춰졌다. 확대하면 눈 속 반짝임이 마을 지도처럼 재배열되었고, 그 지도를 따라가면 골목이 꺾이는 지점마다 공기의 밀도가 달라졌다.

해질녘이 되자 마을은 더 선명해졌다. 지붕의 기와는 달빛을 받아 비늘처럼 빛났고, 전봇대 사이 전선은 무언가의 선율을 그리듯 이어졌다. 몇몇 사람들은 창문 뒤에서 그림자를 보았다고 했다. 커튼이 흔들리고, 손 모양 같은 그림자가 유리에 닿으면 그 부분만 둥글게 서리가 걷혔다.

현관 초인종을 눌러도 소리는 없었지만, 발등의 피부가 떨렸고, 그 떨림은 곧장 머리 뒤로 전해졌다. 그 순간 머릿속에는 말로 옮길 수 없는 숫자들이 떠올랐지만, 누구도 입 밖에 내지 않았다.

밤이 깊을수록 경계는 흐려졌다. 마을을 둘러싼 하천은 거울처럼 평평해져 별빛을 아래로 끌어당겼다. 다리 난간의 녹은 별자리 모양으로 재배열되었고, 골목 어귀 공중전화기는 동전 투입구가 막혀 있었지만, 수화기에서는 "지금은 아니다"라는 낮은 목소리가 바다 속 울림처럼 전해졌다.

광장 한가운데 우물은 물 대신 단단한 유리판이 덮여 있었고, 동전을 떨어뜨리면 은빛 점으로 변해 표면에 붙었다. 아홉 개의 점이 모이면 제자리에서 움직였고, 그때마다 우물 벽의 이끼가 반짝이며 알 수 없는 문장을 썼다.

새벽 무렵, 마을은 더 깊어졌다. 종탑의 숨소리는 느려졌고, 골목의 공기는 차갑게 식었다. 드론을 띄워 찍은 영상 속에서 마을 윤곽은 지도에 없는 기호와 포개지며 스스로 접혔다. 화면 안에서 우리 그림자는 점점 작아져 중앙으로 빨려들었고, 그 중심에서 누군가 손을 흔드는 듯한 작은 반짝임이 나타났다. 반짝임은 세 번, 네 번, 다시 세 번 깜빡였고, 바다에서 본 신호 패턴과 같았다.

광장의 가로등이 하나씩 꺼지자, 우리 발밑 그림자는 길게 늘어나 손잡이처럼 보였다. 동시에 누군가의 발소리가 겹쳐 들렸고, 마을은 깊게 숨을 내쉰 듯 조용해졌다.

해가 뜨자 마을은 다시 사라졌다. 광장에는 풀밭과 자갈만 남았고, 종탑 자리에는 둥글게 눌린 흙이 보였다. 대신 우물 자리엔 돌판이 놓여 있었고, 그 위에 아홉 개의 은빛 점이 일정한 간격으로 박혀 있었다. 돌판 가장자리에는 연필로 긁어 쓴 듯한 글씨가 있었다.

"여기는 문이 아니다."

그 문장을 읽는 동안, 우리 시계는 각기 다른 시간을 가리켰고, 발걸음의 간격은 어느새 3/4박자가 되어 있었다. 우리는 알았다. 이 마을은 특정한 밤마다 다시 나타날 것이고, 그때마다 조금씩 우리를 닮아가다, 언젠가는 우리 중 누군가를 완전히 데려갈 것이라는 사실을.

03
열리지 않는 철문

 낡은 항구 도시 끝자락, 오래전 문을 닫은 조선소 한쪽 벽에는 이상한 철문이 하나 서 있다. 사람 키 두 명을 포개 놓은 만큼 크고, 표면은 바닷바람에 씻긴 듯 잿빛 녹이 군데군데 번져 있다. 그런데 희한하게도 경첩과 손잡이만은 반짝반짝 빛을 잃지 않았다. 마을 사람들은 그 문을 '입구'라든가 '출구'라고 부르지 않고 그냥 "그 문"이라고만 했다. 문 앞에는 두꺼운 철제 레일이 양쪽으로 뻗어 있지만, 끝은 마치 칼로 잘라낸 것처럼 갑자기 끊겨 있었다. 밤이 되면 이 문이 아주 작게 숨 쉬는 것 같은 소리가 들린다고 했고, 귀를 대면 바다 밑과 지하 깊숙한 곳에서 동시에 울려오는 묘한 진동이 가슴 속까지 스며든다고 했다.

 그 문을 열려는 시도는 여러 번 있었다. 처음엔 시청에서 작업반이 와서 절단기를 대봤지만, 불꽃이 튀자마자 절단날이 뚝 부러져 버렸다. 두 번째는 외부에서 온 모험가들이 고리를 당겼는데, 문이 생물처럼 몸을 떨더니 그 진동이 손끝과 치아까지 전해졌다. 세 번째는 방송국에서 생중계를 하며 도전했는데, 카메라가 문을 확대하는 순간 화면이 꺼지고 이상한 흑백 무늬만 가득 찼다. 그 무늬는 마치 심장 박동처럼 규칙적으로 뛰고 있었고, 방송이 돌아왔을 땐 촬영팀의 시계가 전부 제각각의 시간을 가리키고 있었다. 그 뒤로는 아무도 공식적으로 문을 열어보려 하지 않았다.

마을에는 오래된 이야기가 내려온다. 옛날 이 자리엔 잠수정이 드나드는 비밀 통로가 있었다는데, 전쟁이 끝나고 봉쇄되면서 정체 모를 금속으로 만든 문이 세워졌다고 한다. 그 금속은 바다에서 건져 올린 것과 비슷하지만, 표면이 바다 조개 껍질처럼 매끄럽게 이어져 있었다. 몇몇은 이 문이 단순히 바다 속으로 이어지는 게 아니라, 아예 다른 세계와 연결된 통로라고 믿었다. 아이들은 종종 밤에 용기 시험하듯 문 앞에서 잠을 자곤 했는데, 아침이 되면 꿈속에서 본 이상한 풍경을 떠올렸다. 물속에서 부유하는 빛, 거꾸로 솟아오르는 해, 이름 모를 누군가의 부름 같은 소리였다.

문 주변의 바람도 이상했다. 해안에서 불어오는 바람이 문 앞에만 오면 방향을 바꿔버렸고, 파도 소리도 거기선 뚝 끊겼다. 문 위에 난 작은 틈에서는 대낮에도 별빛 같은 반짝임이 흘러나왔는데, 그냥 보면 먼지 같지만 확대하면 기묘한 문양들이 빼곡했다. 이 문양은 해마다 조금씩 바뀌었고, 기록하는 사람들은 그 변화가 별자리 움직임과 비슷하다고 말했다. 그래서 어떤 사람들은 이 문이 특정한 때를 기다리고 있다고 확신했다. 그 날이 오면 누가 열지 않아도 스스로 열릴 거라고.

가끔은 문이 스스로 반응하는 순간도 있었다. 폭풍이 몰아치는 날이면 표면이 물결처럼 흔들리며 은은한 빛을 냈고, 번개가 치면 손잡이가 다른 리듬으로 번쩍였다. 한 어부는 그런 날 문 틈새에서 바닷물 대신 검은 안개가 새어 나오는 걸 봤다고 했다. 그 안개는 땅에 닿자 금세 사라졌지만, 발목을 스칠 때 심장이 덜컥 멎는 것 같은 기분이 들었다고 한다. 이후 그는 절대 그 근처에 가지 않았다. 반대로 어떤 사람들은 그 문이 안에서 들어오려는 무언가를 막고 있다고 생각했다. 그렇다면 문이 열리는 날은 축복이 아니라 재앙일 수도 있었다.

시간이 지나면서 이 문은 마을의 금기이자 상징이 되었다. 예술가들은 문을 주제로 그림을 그리고, 소설가들은 세계의 끝이나 시작을 암시하는 장치로 등장시켰다. 하지만 실제로 마주서면 누구나 묘한 압박감을 느꼈다. 문 앞에 서면 자신의 그림자가 길게 늘어나 바닥을 타고 문 아래로 미끄러져 들어갔다가 돌아오지 않는 듯 보였다. 사진작가들이 모델을 세워 찍으면, 현상된 사진 속 표정이 촬영 당시와 달라져 있었다. 웃던 사람이 울고 있거나, 고개를 돌렸던 사람이 정면을 응시하는 식이었다.

마지막으로 문이 움직인 건 2년 전 새벽이었다. 갑자기 금속성의 낮은 울림이 마을을 뒤덮었고, 문 위의 틈에서 강한 빛이 터져 나왔다. 표면엔 둥근 원들이 겹친 무늬가 생겨 3분 동안 맥동하다 사라졌다. 사람들은 이 문이 어딘가와 대화를 나누고 있다고 믿게 됐다. 그 어딘가가 바다 건너 먼 곳인지, 아니면 우리가 모르는 다른 차원인지는 아무도 모른다. 하지만 확실한 건 하나다. 그 문은 언젠가 반드시 열릴 것이고, 그 순간은 우리가 준비된 때가 아니라, 문이 스스로 선택한 때일 거라는 사실이다.

시간 밖에서 걸어온 행인

　새벽 공기가 유리처럼 얇아진 날, 시청 앞 광장의 큰 시계가 9시 09분에서 초침 그림자만 길게 떨며 멈춰 있었다. 가로등 세 기둥은 세 번과 네 번과 세 번의 간격으로 미세하게 깜박였고, 광장 한쪽 골목에서 누군가가 걸어 나왔다. 그는 낡은 재단법으로 박음질한 외투를 입고 있었고, 못으로 고정한 가죽창이 바닥에 닿을 때마다 소리가 나지 않는 대신 공기가 반 박자 늦게 떨렸다. 햇빛이 방향을 바꿔도 그의 그림자는 제자리에서 움직이지 않았고, 숨을 고르는 리듬마저 주변과 어긋난 채 고요하게 이어졌다. 가장 이상한 점은 그를 부르는 모든 시도가 첫 음절을 잃어버린다는 사실이었고, 기록 장비는 이름의 시작을 빈칸으로 남긴 채 다음 음절들만 적어 나갔다.

　그의 소지품은 시대와 규칙을 동시에 배반하고 있었다. 봉투

하나에는 존재하지 않는 골목 이름과 달력에서 지워진 날짜의 소인이 찍혀 있었고, 종이 가장자리는 바닷물 염분이 말라 남긴 듯 은빛으로 얇게 번들거렸다. 손목시계는 바늘이 없었지만 9분마다 한 번씩 진동해 주위를 깜짝 놀라게 했고, 바디캠은 그의 윤곽을 화면 중심에 고정하지 못한 채 매번 프레임의 가장자리에서만 붙잡았다. 음성 기록에는 "지금은 아니다"로 들리는 문장이 반복되었으되, 첫 두 소리가 늘 공백으로 남아 편집자가 끼워 넣을 여지를 만들었다. 그는 우리가 묻기도 전에 입술을 열어 "나는 길을 따라 온 것이 아니라 빈칸을 따라 걸어왔다"라고 말했다.

우리는 그를 시청 지하 기록보관소로 데려갔다. 계단의 자동 조명은 한 칸 앞서 켜졌다가 우리 뒤에서 꺼졌고, 엘리베이터 표시는 3에서 0과 2로 점프하며 마치 층이 아니라 박자를 보여 주었다. 닫히지 않는 방문을 지나칠 때 체인락이 스스로의 무게를 잊은 채 얇은 현처럼 떨렸고, 그 떨림은 그의 발걸음과 완벽히 동조되었다. 그는 오래전 주소지가 있던 방향을 향해 고개를 돌리며 "그날, 이 도시의 하루가 얇아졌을 때 나는 그 틈으로 들어왔다"라고 담담히 말했다. 이어서 "돌아갈 수는 있으나, 내가 찾는 이는 아직 여기에 남아 있다"라고 덧붙였고, 우리는 무릎을 펴지도 굽히지도 못한 채 서로의 얼굴을 훔쳐보았다.

그의 진술은 경로가 아니라 호흡으로 이루어졌다. 하늘에 걸린 다리에서 바다 위 원형 섬까지, 물속에서 빛나는 문에서 사막 돌문까지, 그는 거리 대신 세 번과 네 번과 세 번의 박자에 맞춰 세계의 얇은 층을 건너왔다고 했다. 박자를 어기면 문이 뒤집혀 사람이 빈칸이 되고, 박자를 맞추면 빈칸이 사람의 다리가 된다고도 했다. 그는 누군가의 뒷모습을 여러 번 보았다고 했고, 그들 모두의 공통점으로 "이름의 첫 소리가 지워지고, 손목의 초침이 소리를 내기 시작하며, 발자국이 바닥이 아니라 공기에 먼저 찍혀 내려온다"를 들었다. "내가 찾는 이는 바로 그 사라진 첫 소리이고, 그 소리가 아직 너희 도시의 어디엔가 남아 있다"라는 말이 끝나자 그의 그림자는 우리 발목 뒤로 잠깐 옮겨 붙었다.

우리는 실험을 꾸렸다. 라디오, 필드 리코더, 소형 메트로놈, 검은 유리병을 원으로 두고 9시 09분 직전의 공백을 노렸다. 그는 소금물 한 잔과 쇳가루 한 꼬집으로 바닥에 얇은 링을 만들고, 발끝을 걸치게 한 뒤 박자를 세게 했다. 세 박과 네 박과 세 박, 아홉 번째 정적이 닿자 라디오의 잡음이 스르르 빠져나가 벽 틈으로 줄지어 들어갔고, 유리병 속 공기가 안쪽에서 바깥으로 미세하게 눌리며 잎맥 같은 문양을 만들었다. 지도 위의 표시 핀은 우리 손이 닿지 않았는데도 황금비 비율로 재배열되었고, 회의실의 그림자들은 제각기 길이를 바꿔 하나의 보폭으로 맞춰졌다.

현장 검증은 도시 곳곳을 돌며 이어졌다. 닫히지 않는 방문 앞에서 그는 유리처럼 매끈한 정적을 한 겹 걷어 올리듯 손으로 쓸었고, 문틈의 어둠은 어둠답지 않게 한 계단 더 깊어졌다. 빈 역사에서 멈춘 열차의 앞유리에 입김을 불자 서리가 안쪽으로 움푹 들어가 인간과 맞지 않는 윤곽을 그렸고, 그는 "같은 사람은 아니다, 같은 빈칸이다"라고 조용히 말했다. 바다에서는 심해의 박동을 거꾸로 합성해 흘려보냈고, 파형이 겹치는 순간 등대의 빛이 한 박 늦게 반짝였다. 그는 그 반짝임의 모서리를 손가락으로 집어 올리듯 가리키며 "여기가 만나는 자리"라고 말했다.

결정적인 밤, 광장 시계의 분침이 스스로 반 바퀴 느리게 돌아오고, 가로등 세 기둥이 동시에 세 번 깜박인 뒤 네 번 길게 쉬고 다시 세 번 짧게 떨었다. 그는 편지 봉투를 접어 바늘 없는 시계 아래에 끼우고 링의 안쪽에서 바깥쪽으로 몸을 한 치 옮겼다. 우리의 호흡이 박자 안에 묶이는 순간, 창틀의 그림자가 'ㄷ'자 형태로 접히며 바닥에 얇은 문을 만들었다. 그 문은 실재의 두께가 없는데도 발목을 받아 주는 탄력을 가졌고, 우리는 발끝으로 잠시 닿았다가 물러났다. 그는 "나는 떠나는 것이 아니라 제자리를 되찾는다"라고 말하더니, 뒷걸음으로 문득 속에 스며들 듯 사라졌다.

그 다음 날, 도시의 시간은 겉으로 아무 일도 없었다는 듯 흘렀지만 몇 가지 사소한 차이가 눈에 들어왔다. 시청 외벽의 큰 시계는 하루에 한 번, 9시 09분에서 초침 그림자를 한 박 길게 늘어뜨리고, 달력의 빈 칸은 빛에 비추면 얕은 동심원 아홉 겹을 감추었다. 라디오 로그에는 메시지가 없을 때마다 "여기는 끝이 아니다"라는 테스트 문자열이 간헐적으로 남았고, 골목의 바람은 가끔 뒤에서 앞으로 흐르며 이름의 첫 소리를 한 글자 늦게 돌려주었다. 우리는 사건을 보고서로 봉인하려 했으나, 마지막 페이지의 제목이 저절로 바뀌어 있었다. "시간 밖에서 걸어온 행인"이라는 문장 아래, 아주 작은 글씨가 덧붙어 있었다.

"그는 사라진 것이 아니라, 우리가 따라갈 박자만 남겨 두고 먼저 도착했을 뿐이다."

05
바람이 지나가지 않는 골짜기

바람 한 점 없는 골짜기는 지도를 봐도 특별한 표시는 없었고, 사진으로 보면 그냥 조용한 산 속의 평범한 공간처럼 보였다. 하지만 그곳에 발을 디딘 순간, 모든 감각이 이상해졌다. 숲길을 걸어오면서 귓가를 스치던 바람은 입구에서 뚝 끊겼고, 그 대신 묵직한 정적이 내려앉았다. 나뭇잎 하나도 움직이지 않고, 풀벌레 소리조차 멀리서 희미하게만 들렸다. 발걸음 소리가 유난히 크게 울려서, 내가 걷는 게 아니라 누군가 내 옆에서 같이 걷는 것 같은 착각이 들었다. 처음엔 단순히 바람이 막히는 지형일 거라고 생각했지만, 몇 걸음 더 들어가자 그 정적이 마치 생물처럼 나를 감싸는 기분이 들었다.

마을 사람들은 오래전부터 이 골짜기를 피했다. 전해 내려오는 이야기로는, 수십 년 전 한 사냥꾼이 이곳에서 하룻밤을 보냈다가 다음 날 아무 기억도 없이 마을로 돌아왔다고 한다. 이상한 건 그의 가죽 옷이 밤새 젖지도 않았고, 모닥불도 꺼지지 않았다는 점이었다. 바람이 불지 않는 곳에서는 불이 더 오래 탄다는데, 문제는 그 불빛 속에서 그는 분명 혼자가 아니었다고 했다. 흐릿하게나마 불가에 누군가 앉아 있었고, 그 그림자는 사람 모양이었지만 얼굴이 보이지 않았다. 그는 말을 걸지 못했고, 그저 그 그림자가 사라질 때까지 기다렸다고 한다. 그날 이후 그는 다시는 그 골짜기에 가지 않았다.

나는 그 이야기가 허무맹랑한 전설인지, 아니면 실제로 무언가 있는 건지 확인해보고 싶었다. 골짜기 입구에 서자마자, 피부를 스치던 바람이 완전히 멈췄다. 주변 공기가 갑자기 무겁게 가라앉으면서 숨을 쉬는 것도 약간 힘들어졌다. 한 걸음씩 안으로 들어갈 때마다 나무들이 마치 사진 속 풍경처럼 고정된 채, 잎 하나 까딱하지 않고 서 있었다. 5분쯤 걸었을까, 발밑에서부터 묘하게 울리는 '사박… 사박…' 하는 소리가 들려왔다. 처음엔 내 발소리라고 생각했지만, 곧 그것이 나의 걸음과 엇박자로 울리고 있다는 걸 깨달았다.

그 발소리는 멀어졌다가 다시 가까워졌다. 나는 조심스럽게 멈춰 섰다. 하지만 발소리도 함께 멈췄다. 호기심과 불안이 동시에 치밀어 올랐다. 용기를 내어 뒤를 돌아봤지만, 텅 빈 골짜기만이 있었다. 그 순간, 발소리가 다시 시작됐다. 이번엔 내 뒤가 아니라, 내 오른편 숲 속에서 울렸다. 마치 누군가 나와 같은 속도로 걸으며 원을 그리듯 빙빙 돌고 있는 것 같았다. 심장이 빨라지면서 손끝이 서늘해졌다.

그러다 갑자기 발소리가 뚝 끊겼다. 이어서 아주 낮고 길게 끄는 웃음소리가 들렸다. 그 웃음은 사람 목소리 같기도 했지만, 어딘가 금속이 울리는 듯한 기묘한 울림이 섞여 있었다. 나는 본능적으로 뒤로 물러섰다. 그런데 이상하게도 내 발은 바닥에 단단히 붙은 것처럼 잘 떨어지지 않았다. 목소리는 멀어지지 않고 계속 같은 거리에서 들렸고, 그 웃음 끝에는 마치 누군가 짧게 속삭이는 소리가 붙었다. 내용은 알아들을 수 없었지만, 그 속삭임이 내 머릿속 안쪽에서 울리는 듯한 느낌이 들었다.

겁이 났지만 동시에 그 존재를 확인하고 싶은 마음이 더 강해졌다. 나는 천천히 발소리가 들리던 쪽으로 다가갔다. 그러나 그곳에는 부서진 나무와 낡은 돌무더기밖에 없었다. 순간 바닥의 돌 하나가 스르르 옆으로 굴러가더니, 그 아래에서 희미한 틈이 드러났다. 그 틈 속에서 아주 미약한 바람이 나오는 것을 느꼈다. 골짜기 안에서는 절대 불 수 없는 바람이, 그 좁은 틈에서만 새어 나오고 있었다. 손을 뻗어보려 했지만, 그 바람이 닿는 순간 손끝이 얼음처럼 차가워져 더는 움직일 수 없었다. 그리고 다시,

그 낮은 웃음소리가 바로 귀 옆에서 속삭이듯 들려왔다.

나는 재빨리 뒤로 물러서서 골짜기 입구를 향해 뛰었다. 이상하게도 발걸음이 빨라질수록 주위 풍경이 흐릿해졌다. 나무들이 스쳐 지나가는 게 아니라, 내가 그들 사이에서 미끄러지듯 이동하는 기분이었다. 입구를 벗어나는 순간, 갑자기 바람이 세차게 불며 머리카락을 휘날렸다. 귀에 다시 새소리와 나뭇잎 부딪히는 소리가 돌아왔고, 심장은 여전히 빠르게 뛰고 있었다.

마을로 돌아와 그날 있었던 일을 이야기했지만, 사람들은 그저 고개를 저었다. 그러나 한 노인은 나를 조용히 불러 이렇게 말했다.

"그 골짜기에 들어간 사람은, 바람이 불지 않는 이유를 본 거야. 그리고 그건 너를 기억했을 거다. 언젠가 바람이 불지 않는 밤이 오면, 그때는 네가 다시 그곳을 걷게 될 거다."

그의 말이 농담인지, 경고인지 알 수 없었지만, 그날 이후 나는 바람이 전혀 불지 않는 순간이 오지 않기만을 바라고 있다.

⑥
그림자 속에서 움직이는 손

밤이 깊어지면 집 안은 보통 고요해야 하는데, 그날은 달빛도 희미한 어둠 속에서 이상한 기척이 느껴졌다. 벽 모서리, 책상 아래, 장롱 뒤편에 드리운 그림자들이 평소와 달리 살짝 떨리며 모양을 바꾸고 있었고, 그 움직임은 바람 때문도, 발소리 때문도 아니었다. 특히 책상 위 램프가 꺼진 자리에서 창가로 길게 뻗은 그림자가 천천히 길이를 늘리며 바닥을 더듬고 있었는데, 그 끝은 마치 손가락처럼 가느다란 형체였다. 그 손가락 같은 그림자는 무언가를 찾는 듯 방 안을 천천히 훑으며 지나갔다. 연필을 톡 건드리기도 하고, 서류철 모서리를 살짝 들었다가 놓기도 하며, 의자 다리를 감싸듯 돌다가 멈추기도 했다. 손 모양은 있었지만 뼈나 살은 없었고, 평면 그림자가 입체로 살아난 듯 보였으며, 움직일 때마다 주변 공기가 묘하게 서늘해졌다.

이 모습을 처음 본 사람들은 피곤해서 생긴 착시나 환각이라 생각했다. 하지만 다른 날, 다른 사람이 같은 방에서 비슷한 장면을 목격하면서 이야기는 단순한 착각이 아닌 하나의 미스터리로 변했다. 특히 공통적으로 나타나는 시간대가 있었다. 항상 자정과 새벽 1시 사이, 방 안이 완전히 어두워지고 고요해졌을 때만 나타났고, 그 시간에는 바깥 소음이 사라져 그림자가 내는 아주 작은 소리까지 들렸다. 종이를 스치는 듯한 바스락거림, 그리고 피부에 손끝이 살짝 닿는 듯한 묘한 감촉이 동시에 느껴졌다.

오래전 남겨진 메모장에는 그림자 손을 목격한 사람들의 증언이 적혀 있었다. 누군가는 그 손이 책 한 장을 집어 올려 펼치는 걸 봤다고 했고, 또 다른 사람은 서랍을 열어 오래된 사진을 꺼내 바닥에 내려놓는 걸 봤다고 적었다. 공통점은 사람을 해치지 않았다는 것이었지만, 항상 무언가를 '찾는' 듯 행동했다는 점이 특이했다. 더 놀라운 건, 그 손이 건드린 물건이 이후 종종 사라졌다가 엉뚱한 곳에서 발견된다는 사실이었다. 마치 그림자 속 어딘가에 또 다른 세계가 숨어 있는 듯했다.

어떤 연구팀이 이 현상을 관찰하기 위해 방 안에 적외선 카메라와 열 감지 센서를 설치했다. 그러나 영상에는 그림자 손이 전혀 보이지 않았다. 대신 기록된 건 방 안 온도가 순간적으로 뚝 떨어지는 장면뿐이었다. 온도가 내려간 중심점은 늘 그림자의 끝부분이었고, 그곳을 센서로 측정하면 마치 얼음 위를 누르는 듯한 차가움이 느껴졌다. 실험에 참여한 사람 중 한 명은 손끝이 얼어붙는 듯한 감각을 느꼈지만, 눈에 보이는 자국은 남지 않았다.

이 지역 전설에는 오래전 이곳에 살았던 한 사람이 중요한 무언가를 찾지 못한 채 세상을 떠났고, 그 미련이 그림자 손이 되어 남았다는 이야기가 전해졌다. 그저 옛이야기일 뿐이라 여겨졌지만, 몇 년 전 건물 보수 공사에서 벽 안쪽에서 오래된 금속 상자가 발견되며 상황이 달라졌다. 상자 안에는 편지, 낡은 열쇠, 그리고 손바닥 크기의 은색 장식품이 들어 있었는데, 이상하게도 그 장식품은 빛을 받으면 길고 가느다란 그림자를 만들었다.

이후에도 그림자 손은 사라지지 않았다. 오히려 목격 장소가 늘어 복도, 계단, 심지어는 야외 가로등 불빛 아래에서도 나타났다. 그 손은 여전히 무언가를 더듬고, 잡고, 놓기를 반복했으며, 마치 보이지 않는 신호를 보내는 듯 움직였다. 사람들은 점점 확신했다. 그것이 찾는 건 단순한 물건이 아니라, 오래전에 잊힌 '기억'일지도 모른다고.

그림자 손의 움직임은 마치 이야기가 끝나지 않은 책 속 장면처럼 계속되고 있다. 어쩌면 지금도 어둠 속 어딘가에서, 그 손은 잊힌 기억을 붙잡아 다시 세상으로 끌어올리려 하고 있는지도 모른다. 그래서 이 방에 들어가는 사람들은 종종 느낀다. 아무도 없는 줄 알았던 그 공간에서, 누군가 자신을 지켜보고 있다는 묘한 기운을.

07
사라진 기록 속의 진실

시청 지하의 오래된 문서고에서 꺼낸 장부는 겉보기엔 멀쩡했다. 페이지 번호도 순서대로였고, 종이도 낡았지만 찢기지 않았다. 그런데 이상하게도 글자들이 제자리에 있지 않았다. 마치 누군가 옆 칸으로 조금씩 밀어둔 것처럼 줄이 비스듬히 흘러 있었다. 오래된 마이크로필름 기계는 빈 화면을 비추면서도, 스풀을 세 번 빠르게, 네 번 천천히, 다시 세 번 빠르게 감았다 풀었다. 서버에 남은 백업 파일은 날짜가 정확한데, 열 때마다 문장이 조금씩 달라졌다. 한 줄이 생겼다가, 다음엔 사라졌다. 유일하게 남은 카세트테이프에는 무음 구간이 있었는데, 그 사이로 심장 박동처럼 느껴지는 낮은 진동이 스며 나왔다. 우리는 이어폰을 빼고도 한동안 그 리듬이 온몸에 남아 있는 걸 느꼈다. 그 순간부터 '사라진 기록'은 그냥 문서가 아니라, 어떤 의식처럼 다가왔다.

디지털 복구팀이 하드디스크를 뒤져 복구한 문서들은 더 기묘했다. 문장이 끝에서 끊기지 않고 다음 파일로 이어졌고, 그 사이사이에 3, 0, 2라는 숫자가 순서를 바꿔가며 끼어 있었다. 테스트 문구인 "여기는 문이 아니다"는 매번 다른 글씨체와 크기로 나타났다. 오래된 장부는 잉크가 마른 것 같았지만, 빛을 비추면 글자 획이 조금씩 움직이며 자리를 바꿨다. 종이 모서리에는 은빛 점이 반짝였고, 그곳에서는 희미하게 금속 냄새가 났다.

다른 기록들과 대조하자 더 이상한 일들이 보였다. 전혀 다른 시간과 장소의 기록이 서로 대화를 주고받는 것 같았다. 호텔 302호 투숙객 명단 맨 끝에는 사막 돌문 조사원의 이름이 적혀 있었고, 심해에서 녹음한 심장 박동 소리에는 '원형 섬 관찰 일지'라는 이름이 붙어 있었다. '하늘의 문' 사진의 날짜는 달력에서 지워진 하루로 바뀌어 있었고, 유리탑에서 채집한 기호 파일은 열 때마다 별자리 배열이 조금씩 변했다. 그 배열은 항상 문서를 보는 사람의 위치를 중심으로 다시 맞춰졌다. 기록은 과거를 저장하는 것이 아니라, 현재의 우리를 바꾸고 있었다.

우리는 아예 복구 대신 재현을 해보기로 했다. 사라진 하루를 되살리듯 뉴스 기사, 날씨 기록, 열차 시간표, 카드 결제 내역을 모아 빈 칸을 채웠다. 인쇄기는 종이를 뽑으면서도 롤러가 세 번, 네 번, 세 번씩 묘하게 미끄러졌다. 스피커는 꺼져 있는데도 낮은 맥동을 내보냈고, 프로젝터 화면은 아무것도 없는 장면을 반복 재생했다. 그런데 아홉 번째 화면 전환에서 순간적으로 번쩍하는 빛이 나타났다. 그걸 멈춰 보니, 계단 모서리 같은 선과 원의 곡선이 겹쳐 있었다. 백지를 기울여 보면 희미한 동심원이 보였고, 그 중심에는 우리가 넣지 않은 좌표값이 숨겨져 있었다.

좌표를 지도에 찍자, 전혀 다른 사건들의 현장이 하나의 그림처럼 연결됐다. 바람이 종처럼 울리던 협곡, 끝없이 내려가는 계단, 폐허 속에서 멈춘 시계, 바다 위의 원형 섬이 하나의 궤적을 그렸다. 호텔 창문, 사막 돌문, 유리탑의 그림자, 하늘의 문도 같은 비율로 서로를 가리키고 있었다. 그 중심에는 아무 표시도 없었다. 하지만 그곳에 서자 공기가 조금 가라앉는 느낌이 들었고, 우리가 하는 말이 한 박자 늦게 되돌아왔다. 돌아온 말의 첫 음절은 항상 사라져 있었다.

마지막 밤, 우리는 그 좌표 한가운데에서 기록을 읽는 대신 '듣기로' 했다. 드라이브, 장부, 테이프를 원형으로 두고 불을 껐다. 그리고 심장으로 세 번, 네 번, 세 번의 리듬을 느끼자, 방 안 그림자가 움직이며 서류를 한 장씩 넘겼다. 글자는 빛을 잃는 대신 깊이를 얻었고, 읽을 때마다 우리의 기억 속 어떤 사실이 사라졌다. 대신 기록 속 빈 칸이 채워졌다. 마지막 장에 이르자 기록은 물었다.

"네가 원하는 진실이 사건의 원인과 다를 때, 무엇을 기록하겠는가?"

그 순간, 종이 위의 동심원이 한 겹 더 줄어들며 '지금은 아니다'라는 문장이 우리 입이 아니라 기록 속에서 먼저 완성됐다.

그날 이후, '사라진 기록 속의 진실'은 서랍에 넣어둘 수 있는 것이 아니게 됐다. 기록은 보관하는 물건이 아니라, 우리를 측정하는 장치가 되었다. 파일을 복사할 때마다 우리 안의 박자가 변했고, 사진 속 그림자는 이제 렌즈 대신 사람의 눈을 통과했다. 진실은 누구의 소유도 아닌 채, 세 번·네 번·세 번의 호흡 속에서만 잠깐 나타났다. 달력의 빈 칸, 서버의 공백, 영상의 빠진 장면, 노트의 반짝임은 모두 서로를 보지 못한 채 같은 문턱 위에 서 있었다. 우리는 나중에서야 깨달았다. 진실은 사건 속이 아니라 기록의 바깥에 숨어 있었고, 그 바깥이 우리를 읽을 때만 비로소 우리 것이 됐다. 지금 이 문장을 읽는 순간에도, 당신 눈동자 어딘가에 은빛 점 하나가 찍히고 있을 것이다.

그리고 몇 달 뒤, 전혀 다른 대륙의 한 도서관에서 익명의 발신자가 보낸 봉투가 도착했다. 안에는 우리가 만들지도, 본 적도 없는 장부 한 권이 들어 있었다. 날짜는 아직 오지 않은 해를 가리키고 있었고, 첫 장에는 익숙한 글씨로 "세 번, 네 번, 세 번. 그리고 다시 시작한다."라는 문장이 쓰여 있었다.

08

끝없는 추적 속에서 드러난 형체

처음부터 그걸 쫓으려던 건 아니었다. 여러 장소에서 모아둔 이상한 현상들이 우연히 하나로 이어진 순간이 있었다. 무전기에서 들린 '뚝-뚝뚝' 같은 신호, 모래 위 발자국이 세 걸음, 네 걸음, 세 걸음으로 반복되는 패턴, 오래된 시계가 9시 09분에서 멈춘 뒤 초침만 거꾸로 움직이던 장면까지, 전부 흩어져 있던 것들이었다. 게다가 하늘에서 내린 빛이 남기고 간 반짝이는 가루, 바람이 불지 않는데도 귀에 울리던 종소리 같은 진동까지 겹치자, 지도 위에 이상한 빈칸이 나타났다. 우리는 그 빈칸이 바로 형체가 스쳐간 자리라고 생각했고, 시간과 날씨, 전파와 물결을 맞춰 '추적 달력'을 만들기 시작했다.

이후 우리는 해안의 등대에서 신호를 기다리다, 문이 닫히지 않는 아파트 복도를 거쳐, 사막 속 돌문과 산속 유리탑의 그림자까지 따라다녔다. 신호가 돌아오는 언덕의 위성 접시, 바다 밑에서 빛나는 분 앞에도 가봤지만 늘 한 발 늦었다. 도착한 곳은 마치 연주가 끝난 무대처럼 고요했고, 남아 있는 건 1도도 안 되는 온도 차와 창문 모서리에 붙은 은빛 가루뿐이었다. 유일하게 느껴지는 건 일정한 간격으로 멈춘 공기의 흐름이었고, 그것마저 바람이 아닌 무언가가 만든 듯했다. 우리는 마치 사람을 쫓는 게 아니라, 눈에 보이지 않는 리듬을 따라 걷는 기분이었다.

그러다 방법을 바꿨다. 복잡한 장비를 치우고 종이, 연필, 작은 라디오, 물컵, 스톱워치, 성냥불처럼 단순한 도구만 챙겼다. 그리고 조건을 세 가지로 정했다. 9시 09분의 정적, 세 걸음 네 걸음 세 걸음의 발맞춤, 그리고 빈칸 위에 빛을 비추는 것. 이 조건이 맞아떨어지면 물컵 표면에 동그란 파문이 안쪽에서 밖으로 번졌고, 그림자가 벽보다 먼저 자리를 잡았다. 눈을 아주 천천히 깜박이는 순간, 공기 속에서 희미한 윤곽이 번쩍 스쳤다.

처음 그 모습은 단순한 착시 같았다. 하지만 다섯 번째 밤, 빛을 머금은 구름다리가 수평선에 걸렸을 때, 우리는 이상한 그림자를 보았다. 별빛을 가리는 게 아니라, 별과 별 사이의 빈 공간을 지워버리는 듯한 그림자였다. 걸음의 길이는 변했지만 속도는 한결같았고, 우리와 항상 같은 거리에서 나란히 움직였다. 종소리가 울릴 때마다 모양이 조금씩 바뀌었고, 닫히지 않는 복도 끝에서는 바람이 아닌 묘한 정적이 흘러나왔다.

결정적인 순간은 멈춰 선 오래된 열차 안에서 찾아왔다. 창문에 김이 서리기 시작했을 때, 우리는 무전기의 신호, 등대 불빛, 바닷속 박동, 유리탑의 기호를 한 박자로 맞췄다. 그러자 유리창 한가운데 서리가 안쪽으로 움푹 꺼졌다. 거기엔 눈도 입도 없이 얇은 렌즈 같은 표면만 가진 형체가 서 있었다. 우리는 말을 하지 않고 '세 박, 네 박, 세 박'으로 바닥을 두드렸고, 형체는 객실 안의 사물들을 바꿔놓기 시작했다. 좌석 번호가 순서를 바꾸고, 천장 광고지가 같은 각도로 접히고, 먼지가 모래시계 모양으로 정렬됐다가 흩어졌다.

그날 이후 우리는 다른 가능성도 시험했다. 추적의 박자를 의도적으로 흐트러뜨리거나, 공백에 맞춰 숨을 고르지 않는 식이었다. 그러면 형체는 나타나지 않았지만, 대신 주변 사물들이 제멋대로 움직였다. 가로등 불빛이 깜박이거나, 멀쩡하던 전파가 갑자기 끊겼고, 닫힌 문이 조용히 열렸다. 마치 형체가 '리듬이 맞아야만 모습을 보인다'는 규칙을 지키는 것 같았다. 그 규칙을 깨면, 존재는 보이지 않지만 세상의 결이 일시적으로 흐트러졌다.

그때 깨달았다. 우리가 쫓던 건 앞서가는 존재가 아니라, 우리의 발걸음과 동시에 만들어지는 '빈칸'이라는 걸. 그 뒤로는 좌표나 위치 대신 박자와 공백, 그리고 숨결의 간격만 기록했다. 세 사람이 서로 다른 장소에서 동시에 박자를 맞추면, 멀리 떨어진 가로등이 동시에 미세하게 흔들리고, 신호등이 한 박자 늦게 바뀌었으며, 빈 사무실의 커튼이 안쪽으로 스르르 움직였다. 형체는 결국 잡히지 않았지만, 드러나는 순간의 규칙은 손에 넣었다. 우리는 그 존재가 사라진 것이 아니라, 여전히 어딘가에서 우리의 발걸음 속 박자를 함께 밟고 있다고 믿었다. 그래서 추적은 끝나지 않았고, 빈칸은 지금도 세 걸음, 네 걸음, 세 걸음의 리듬 속에서 우리와 함께 걷고 있다.

알려지지 않은 세계의 지도
지도 너머 기록

초판 1쇄 발행 2025년 9월 30일

지은이 미홀
펴낸이 백광석
펴낸곳 다온길

출판등록 2018년 10월 23일 제2018-000064호
전자우편 baik73@gmail.com

ISBN 979-11-6508-652-7 (03810)

이 책은 저작권법에 따라 보호받는 저작물이므로 무단 전재와 무단 복제를 금지하며, 이 책 내용의 전부 또는 일부를 이용하려면 반드시 저작권자와 다온길의 서면동의를 받아야 합니다.

잘못 만들어진 책은 구입하신 서점에서 교환해 드립니다.
책값은 뒤표지에 있습니다.